Crónicas de una Quimera

Linda G. Aristy

Reservados todos los derechos. No se permite la reproducción total o parcial de esta obra, ni su incorporación a un sistema informático, ni su transmisión en cualquier forma o por cualquier medio (electrónico, mecánico, fotocopia, grabación u otros) sin autorización previa y por escrito de los titulares del copyright. La infracción de dichos derechos puede constituir un delito contra la propiedad intelectual.

El contenido de esta obra es responsabilidad del autor y no refleja necesariamente las opiniones de la casa editora. Todos los textos e imágenes fueron proporcionados por el autor, quien es el único responsable por los derechos de los mismos.

Publicado por Ibukku, LLC
www.ibukku.com
Diseño y maquetación: Índigo Estudio Gráfico
Copyright © 2022 Linda G. Aristy
ISBN Paperback: 978-1-68574-232-4
ISBN eBook: 978-1-68574-233-1
LCCN: 2022919199

"Tus dos seguidores son el karma y el dharma, te siguen donde quiera que vayas, eso es inevitable. Es eso que estás condenado a que suceda una y otra vez, ya sea por tus buenas o no tan buenas acciones; es a eso que le llaman suerte o desdicha. Y una vez eres consciente de eso, tienes la mitad del juego ganado. Espero que seas parte del tablero."

Linda G. Aristy

Para las noches obsoletas,
Sentimientos místicos,
Recuerdos de una quimera en la mente de un humano.

El siguiente manuscrito fue encontrado por su escritor,
Al mismo tiempo que encontró su pasada historia,
Mientras buscaba el motivo de esas palabras.

*"Los ángeles sí existen, aunque no los puedas ver,
es que están dentro de ti, viven de tus sueños
y los convierten en visiones.
Son los que te hacen atacar, incluso piensan por ti;
se expresan con tus manos aprovechándose del arte,
conversan contigo cuando crees que es insomnio.
Son tan reales que escriben por ti,
convirtiéndose en el autor de este argumento."*

Carta uno

El Anticristo

Y pensaban que estaba perdida...

Déjenme contarles que estuve en el paraíso hasta que conocí el infierno en pocos latidos por segundo. Y pensar que... solo fueron latidos.

No fue solo eso... te cuento cuando lo entienda mi sexto sentido.

Ahora sobran entendimientos que se desplazan a lo razonable, todo encaja tan perfecto que mis venas se contraen y se vuelven perpendiculares.

La ansiedad me despierta en esta madrugada del martes, lo primero que me dice es "revive" antes de que sea tarde.

Un silencio... otro más. Es en vano cuando mi cabeza no deja de gritar.

Un suspiro... otro más. Esto tampoco me basta, cuando mi corazón se disloca y late a su máxima velocidad.

Creando acertijos, uniendo líneas y pensamientos, solo para ver cuál es el punto de inicio de todo esto... no lo encuentro.

Es bélico, podría jurar que se me han acabado las municiones. El camino fácil es lo hipnótico y el que me espera es un cataclismo. Ya mis placeres ilusionistas no me convencen, son tan vacíos como mis huesos. Me he convertido en un arte minimalista, pues se han despejado todos mis elementos esenciales. Sin órbita, al mismo tiempo en otra nébula, te juro que quisiera que me entiendas.

Siempre he sido de palabras, tanto poéticas, como triviales, ahora mi mente me confunde y me invade. Me hace dudar de las mismas, lo noto porque he tratado de jurar ya dos veces, es como si dudara por un momento de lo que pienso, pero son mis neuronas que hacen telequinesia con mis debilidades… *mis demonios.*

Y para dar punto final a la agonía más grande de mi vida… debo comenzar por la sangría.

CAPÍTULO I

1

Tres de la madrugada, 13 de noviembre, todos murmuran constantemente mirando por el portal. Los árboles lloran las hojas secas por culpa del equinoccio de otoño. Pronto cae del Cielo gotas de agua fría, al parecer es porque viene con ella la nieve... ¿Será nieve o granizo? O tal vez sangre.

Pasan veintinueve minutos, parecen veintinueve horas. Abre los ojos el nuevo ser: Ojos de hamsa, cabello ardiente como las llamas de sus pupilas. Llevaba consigo una marca en la nuca, la cual la identificaba como algo sobrenatural.

Quizás sería alguien diferente, alguien que veía el mal, aunque era del bien, o viceversa. Como digo, eso de tantas tonterías murmuraban, ya sabes cómo es la gente, imagínate con este espectáculo.

Era hija de humo y hueso, de un ángel y un demonio, de un infierno y un cielo, de Necrópolis y Edén. Todos la llamaron por su nombre: Madrigal.

Pero sus padres son anónimos, nadie me sabe decir qué pasó con ellos. Quizás algún día lo sabremos.

Su infancia fue un conjunto de emociones las cuales la ayudó a sobrevivir día a día, aunque era el ser más parecido a un humano, en su mundo todos eran diferentes, la diferencia de Madrigal a los demás era su fuerza de atracción, la llamada de sus ojos color violeta sin abrir la boca. Aparte de que su madre adoptiva, Melrose Mars, le había trazado unas líneas tan finas como un alfiler en su espalda, desde que la tuvo en sus manos, dándole forma a un par de alas casi invisibles a la vista de los demás, pero sí visibles al tacto, podías sentir cómo la cicatriz se penetraba sobre su columna dando fin en las costillas.

Las alas que la iban a trasladar a su destino, porque la señora Mars sabía que no sería solo una niña inteligente con un futuro común, estaba segura de que iba a ser un ángel, más que un demonio, aunque pertenecía a las dos especies.

La Señora Mars era una persona especial, pues su contacto con el cosmos le brindaba una claridad e intuición increíble, para no decir imposible. Su meditación era un acto de apreciar sin desperdiciar ni un microsegundo. Y lo que no creerás es que antes de que le hicieras alguna pregunta ya tenía la respuesta, pero no cualquiera, te decía esa que en el fondo sabes, pero no recordabas.

Enseñó a Madrigal desde pequeña a orar, le explicó que era la mejor forma de hablar consigo misma, por ende, era el método para tener respuestas. Que la vida no siempre te da lo que quieres sino algo mucho mejor. Aunque en el momento no se vea, eso significa que lo que estoy pensando que seré ahora mismo en un futuro es lo que está pasando porque yo me lo estoy creando en mi mente, por ende, estoy tomando decisiones para ser eso que quiero ser en el futuro.

Lo curioso es que tu yo del futuro te está observando a través de sus memorias, quiere decir que ese yo del presente que desea ese yo del futuro, es simplemente residuos de recuerdos impregnados en el alma. Pero realmente el futuro no existe, se va creando ahora mismo, con mis pensamientos, mis sueños, en mi subsconciencia.

Por ende, el tiempo... no existe, es relativo.

Todo está pasando ahora… aquí, y ahora.

Madrigal siempre fue una niña curiosa, inteligente, callada; pero como nadie es perfecto, era vulnerable, no toleraba la injusticia, quería creer en los demás por lo que sufría en cada momento que veía la realidad, y eso la llenaba de ira.

Su madre una vez le dijo: No luches en el Norte ni en el Sur, cada batalla lúchala siempre en tu mente, todos son tus enemigos, todos son tus amigos, todos los eventos posibles están ocurriendo a la vez. Vive de esa manera y nada te sorprenderá.

Todo lo que ocurra será algo que viste anteriormente.

"Haz que tus días y tus noches sean reflejos de la más alta idea de tu interior. Permite que tus momentos de ahora estén plenos de un éxtasis espectacular de Dios hecho manifiesto a través de ti. Hazlo mediante la expresión de tu amor, eterno e incondicional, por todos aquellos cuyas vidas tocarás. Somos el motivo para que el cosmos se conozca a sí mismo. Sé una luz en la oscuridad y no la maldigas. Sé una portadora de la luz. Tú lo eres. Selo plenamente." – Neale Donald Walsch

Y lo creyó, todos esos años se apoderó de cada una de las palabras que la Señora Mars le decía, las capturó tanto que formaron parte de ella por el resto de sus días convirtiéndola en la joven más admirada y a la vez envidiada de Flourvania.

La querían hacer sentir muerta por dentro, pero eso nunca detuvo sus premoniciones, su luz. Pues ella sabía que, si el mundo es un escenario, la identidad no es más que un disfraz. Y se aprovechaba de ello, era como si todo lo tuviera bajo su control.

En el pueblo le apodaron "La Quimera".

2

Una década después, tal vez, si no llevo mal la cuenta, dos mil cuarenta lluvias más tarde, Madrigal se convirtió en el centro de atención de Occultrox, la Academia donde la Señora Mars la había llevado a sus 17 años, cerca de la ciudad donde vivía, Flourvania.

Era una de las mentes más sobresalientes y brillantes de toda la comunidad.

Lograba intimidar a las bestias con su mentalismo, lograba atraer los ojos de cualquier ser vivo.

Aprendió a escribir en quimérico, a hablar inglés y también su ortografía, le habían contado que es la lengua principal del mundo humano, siempre soñó con conocer las culturas de esos "homo sapiens", por eso constantemente la veías hojeando, leyendo y estudiando esas historias.

La señora Mars, al igual que muchos maestros de Occultrox, cuestionaba la actitud de Madrigal, pues era dulce y a la vez proyectaba luz de oscuridad a través de su mirada.

Amaba bañarse en el río Styx por las mañanas, acariciarse sus alas invisibles e imaginarse volando hacia otro lugar, quizás hacia su pasado, el que nunca ha conocido.

Tenía el cabello largo, color negro azulado, lo sostenía con una pluma color índigo en algunas ocasiones, parecía parte de una obra de arte. Mostrando la cicatriz de aquellas hermosas y extrañas alas, las cuales les ocasionaba una inquietud constante, irritante, en cada momento que el frío viajaba dentro de su piel.

Su cicatriz.

Uno de sus placeres era fumar, le aliviaba este dolor. Era tan fuerte que podía creer que algún día iban a nacerles las alas que tanto les pulsaban, era tan real como el humo que inhalaba.

Tan reales como el dolor de su sutura.

3

Pasó por un proceso en el cual tuvo varios conocimientos de su pasado, algo así como "recuerdos del más allá", pero ahí estaban.

Uno de los tantos fue que descubrió, en sus noches de insomnio, que era un híbrido, un híbrido contemporáneo, aunque no conocía el motivo de dicha maldición –o bendición-, pero había aprendido a vivir con esa marca, esa señal de combate que pronto le daría sentido a su vida.

Pero no lo sabía, le chocó tanto que dudaba de todo lo que había aprendido, no quería creer en nada, ya ni sabía lo que era.

Estaba frustrada, depresiva.

Dudaba del amor, decía que nadie podía enamorarse de alguien como ella, pues al momento que supo que podía ser fruto de un Diablo, se resignó a vivir solo con la soledad. A pesar de que era hermosa, pensaba que era una bestia en su profundo interior, solo deseaba ser un humano… común y corriente.

Finalmente supo por qué vivía en un mundo de bestias, alrededor de criaturas "mitológicas" y cosas inimaginables, porque ella era una de ellas, era una quimera por dentro.

Un ángel con marcas de bestia por fuera.

4

Sus pensamientos la atormentaban constantemente, era una guerra entre el miedo y su esencia. En el fondo sabía que, a pesar de su origen, era algo más. Era el cúmulo de muchas historias, aunque no las recordara.

Estaba consciente de que pertenecía al todo y al mismo tiempo a la nada, decía que la nada era todo porque todo lo encontraba en la nada.

Lo llamó: el Yo Soy.

Pero esto era demasiado por el momento, según ella la hacía sentir ingenua, la vida debía ser más simple y menos significativa, por lo que prefería creer en sus inseguridades, sus genes, y esto la volvía autodestructiva.

No se permitía creer en lo que su ser le decía.

¿Por qué?

Aunque no la juzgo, no debe ser fácil ser hija de un demonio. O sea, ¿en qué cabeza cabe eso?

He aprendido a ponerme en el lugar de los demás, pero ese no lo quiero ni de ejemplo.

Sus raíces la traicionaban, al no tener mucha experiencia, no sabía controlar esos cambios emocionales, aquellos genes de los cuales estaba creada les provocaba dolor, entre otras cosas incómodas que no se esperaba. Esto traía por consecuencias muchos desgarres de palabras color sangre, era su forma de hablar consigo misma.

Y a continuación te dejo algunas de sus cartas donde descubrirás por qué digo esto, tal vez puedas entender a qué me refiero.

Carta dos

Enfermedad Eremita

Malditos ojos, siempre haciéndome ver neblinas y distorsionándome la vista. Maldita cabeza; siempre me hace la vida imposible y me tortura con latidos que siento que me explota el cerebro, bombardea dolor y eso me irrita, me arde la sangre. Maldita mente; me incita a maldecir, a romper, a destruir, me incita a consumir lo único que puede calmarla: Nicotina.

Es una mente criminal, es un cerebro infernal, una vista oscura, un corazón bestial. Lo peor de todo es que quienes me rodean solo se lamentan con mi silencio, sin saber mis motivos, no deben saberlo, no lo merecen.

Mientras tanto ahogo mis sombras con unas letras invisibles dentro de mi alma y algunos puntos suspensivos que cosen la sutura profunda que jamás tendrá fin.

Nací con una enfermedad, no me preguntes cuál es, cómo es o cuál es su nombre. No lo sé.

Podría decir que es la que me hace pensar, actuar, sentir diferente a los demás. No siento constantemente, pero cuando lo hago es al extremo, tanto que me da miedo.

No le temo a nada… Yo soy mi temor.

Por eso a veces no sé quién soy.

Quizás sea nada.

Eso no es lo importante, el punto es que esta enfermedad no se contagia, tampoco tiene cura, solo me queda aprender a vivir con ella, aunque signifique alimentarla todas las madrugadas con pensamientos incoherentes o palabras que forman estos decretos, estas confesiones.

A veces en vez de escribir, para no asustar a los demás, dibujo, creo que es más fácil disimular a través de esas creaciones, le dejo la duda a todos y solo yo puedo entender cada detalle. A veces, las palabras nos hacen entender mejor lo que somos y de qué estamos hechos, aunque todavía no sé con exactitud de qué lo estoy.

¿Lo mejor de esta enfermedad?

Nada.

¿Lo peor?

Todo.

No me importa, porque aun así nací con ella, aunque no se la deseo a nadie.

Pero la amo.

Carta tres

Ansias Descremadas

Con unas letras de más que tengo en la mente puedo darlas a notar en un papel, puedo darlas a sentir en mis venas, pero no es mi objetivo.

Este año, espero renacer, espero esperar cosas que antes no había esperado. Pues exijo algo más, algo de mí que podría dar, aunque quizás aún no tenga el valor.

Quiero tener el placer de invitarte a mi jornada clandestina, donde sin más que decir puedo dar a entender lo que siento.

Quiero invitar a mis demonios de la noche a tomar café con los ángeles que se asoman en mi ventana. Ofrezco las horas de mi existencia a cambio de paz mental.

Doy a cambio de un poco de lluvia, las angustias que me sobran y necesitan desvanecer. Harta de definir quién soy, nunca he encontrado una palabra exacta, no me interesa encontrarla, prefiero ser de todo un poco, así como el monstruo más dulce, así como el ángel más desgraciado, así como literalmente, un lapso de oscuridad.

Mis pensamientos se desvanecen poco a poco, siento que el cigarrillo los consume, la soledad me ayuda a crear mis miedos mientras que la ansiedad los exagera, es una discordia, así como cuando mi mente solo quiere asesinar. Pues criminal soy desde que tuve que autodestruirme, quizás con drogas o con un amor no correspondido.

Tengo cuidado al escribir... Eso trato, pero no puedo.

Y es que no entiendo, de verdad que no entiendo, ¿cómo puedo cohibirme estando a solas?

Estoy condenada a socializar con los fantasmas de mis recuerdos, estoy condenada a vivir de esta manera, en parte es buena, pues así mi mente no retiene tanta locura.

Mis historias no son opera, no tienen esa bella melodía. Mi temperamento no es fácil, lucho con mi propio ser. Mi cabeza no aguanta, exige nicotina, mis ansias me controlan, me piden detonar.

Ya no soy una escritora más, sino una trastornada buscando el arte que se esconde en estas horribles palabras.

Me adoptó la Luna,
Ahora soy lunática.

Carta cuatro

$3xy-x2$

La ciencia habla del amor como una química... De acuerdo, ¿cuál es la fórmula del amor?
¿Podríamos buscarla en la tabla periódica? ¿Qué sé yo?
La multitud cree en la famosa "media naranja"... Correcto.
¿Dónde está nuestra otra mitad? ¿Qué diablos sé yo?
Podría estar segura de algo, es que no necesitamos ninguna fruta ni tampoco sustancia química para poder amar.

Dicen que siempre nos enamoramos de la persona que menos esperábamos y eso tampoco tiene explicación.

Bien, ahora te seré sincera... No necesito media mitad, emocionalmente me siento completa, pero he notado que todos necesitamos un balance. Alguien que nos ayude a estabilizarnos espiritualmente, esa podría ser nuestra otra mitad, alguien capaz de hacernos ver las cosas diferentes.

¿Yo?

Pues mi balance es anónimo, necesito un peso ligero, pues mi conciencia pasa de 5 kilos. Un peso estable, pues soy más inadaptada que los anarquistas, un peso sereno, pues la discordia domina mis entrañas.

Un amor incondicional, pues el mío siempre tiene condiciones.

No exijo alas, nadie está hablando de ángeles, tampoco exijo comprensión, ni siquiera yo puedo entenderme.

Mi balance siempre será neutro, y por más que intente buscar el balance perfecto, no será suficiente.

Carta cinco

Enamorarse De Mí

¿Enamorarse de mí? ¿Qué es esa palabra? Mi mente la define como un laberinto sin fin, un mar sin fondo. Mis fantasmas la desvanecen, aunque trate de encarnarla a través de la evanescencia y mis huesos. Mis demonios la esfuman con ayuda de mis cigarrillos, es algo que no tiene sentido. Enamorarse...

De mi oscuridad sería testigo, de mis fríos pensamientos.

Viajaría a Necrópolis y no tuviera regreso, nadaría en el río Styx hasta su eterna profundidad, jugaría ajedrez con las bestias de mi mente e interpretaría mis silencios cuando vea mis ojos reflejar al diablo que me habla.

El amor es una enfermedad del corazón, en cambio, el cerebro es la cura para esta. Por eso la medico todos los días con cápsulas de pensamientos y varios miligramos de recuerdos. Algunos se dejan llevar del amor, tanto que el virus se esparce en el cuerpo, llega a los ojos y los ciega, por esto dicen que el amor es ciego.

Otro órgano que afecta es la mente, tanto que llegamos a cometer locuras.

En cambio, no amo porque no padezco de esa enfermedad letal, tuve la suerte de que en Necrópolis me encarnaron con órganos tóxicos inmunes a ella.

Órganos tóxicos...

Enamorarse de mí sería sentir la sequía de Marte y conocer la perdición de Saturno a través de los anillos infinitos que giran en torno a él y su ambiente infernal. Un sueño, llamado así porque estaría fuera de la realidad. ¿Enamorarse de mí? Mejor prefieren temerme. Algunos dicen haberlo estado, pero son solo obsesiones, lujuria.

Se dejan intimidar por la mirada que proyecto y les atrae la curiosidad. Les gusta la sonrisa que reflejo, porque ilógicamente, les brinda confianza y paz.

Pero esto no es amor. Enamorarse de mí no sería real, debería ser ficticio.

Literalmente imposible.

Enamorarse de mí...

Luego de pasar por los solsticios eternos, de llegar a la profundidad del río Styx, de contemplar la luna llena de Nitid y el cuarto menguante de Ellai, a mis senderos de horizontes abstractos, donde se concentraría a mirar la aurora boreal que cada noche se presenta en mis ojos.

El Zahir de mi vida.

Nadie lo conoce porque nadie se ha enamorado de mí. Nadie lo haría.

Pues contengo algo más toxico en mi cuerpo que el amor. ¿Qué sería?

No lo sé.

Pero he vencido esa enfermedad, he vencido el amor.

CAPÍTULO II

1

Existen mitos, entre ellos están las leyendas siniestras que casi nadie logra creer o, más bien, imaginar. Pero déjame redactarte a base de tinta permanente que una de las pocas historias verídicas fue la que viví, aunque para otros signifique haber muerto.

Mientras escucho la manilla del reloj voy escuchando su latido, el que nunca nadie ha sentido.

Solo yo.

Madrigal me persigue, cada vez que la menciono me controla, aun así, no dejaré de decir todo lo que sé, todo lo que me dirige en cada huella eterna.

Hacen más de ocho primaveras que ella entrenó su espíritu, su alma. Estuvo batallando contra sus demonios, incluso más que con las almas que competían contra ella, porque su mayor enemigo no era quienes la rodeaban, sino su pasado.

Ella misma.

Parece ser que trató de coleccionar todos los mapas de su mundo y aun así se encontraba perdida; miró las estrellas todas las noches junto con las fases de la Luna, una por una y no encontraba el camino. Tenía todos los cielos a su favor y aún así se sentía muerta. Hasta que un día se marcó el símbolo que la acompañaría siempre, un nazar en su palma izquierda; para jurar cuál iba a ser el motivo de su vida: Vencer su propio enemigo, hasta encontrar otro más fuerte.

2

Se alejó de su fraternidad en busca de su pasado. Hoy, en Occultrox, la Academia de súcubos, cancerberos, esfinges, hidras de Lerna y muchos más que no sé la especie, conoció a uno de los más poderosos: Abigor.

Le contó acerca de una leyenda sobre los ojos del Diablo, donde daba la mitad de su vida a cambio de conocer el alma de cada ser sobre y debajo de la Tierra.

Conocerá el corazón de dicho ser, excepto el dominio de este. Primero debía de viajar al centro del universo, conocer al Supremo y la demonología de su mundo, así poder elegir cuál de todos los ojos deseaba poseer.

No lo tomó en serio y pasaron años… Madrigal se había olvidado de eso.

3

La Señora Mars enseñó a Madrigal a cómo tener contacto con Dios, aparte de la oración, le mostró otras cosas interesantes, como el poder de los mantras, las vocalizaciones, la función de las runas, entre otras maravillas.

Le hablaba sobre la magia, que, si no tienes el conocimiento suficiente, podrías tomar caminos que no quieres, pues existen magos blancos y negros, tú decides cuál magia prefieres. Aun así, ambas tienen una fuerza incomparable.

Madrigal aprovechaba su energía para lograr lo que le diera la gana, poco a poco se fue dando cuenta de que con la meditación dormía a sus demonios, la ayudaba a conocerlos y a dejarlos ir. Comenzó a ver las cosas de forma diferente, pero esto era un proceso, no es fácil salir de tu propia naturaleza, es una espiral que, si no trabajas para salir de ella, te quedas en la eternidad del karma.

Un tema profundo pero que iba entendiendo pacientemente, por sí misma.

Y una noche ocurrió algo muy extraño para ella... viajó al plano astral.

4

Era una noche fría y la tormenta que la acompañaba era arropada de un viento con forma fractal, no sé si verlo como un mal clima o quedarme estática con tan bella creación, parecía que la naturaleza estaba en su perfecta sincronía, diseñando cada mínimo detalle. Formando figuras geométricas con la luz de los rayos y el sonido del éter. Acto seguido, Madrigal llega al epílogo de su oscuridad.

En plano astral viajó a no sé dónde, si les hablo de un lugar les estaría mintiendo, pero eso fue lo que pareció, pues era una experta en el arte de la mística... y conoció a alguien, más bien, se le presentó en el píxel de su mirada alguien.

¿O algo?

Pero fue muy breve, tan rápido que no le dio tiempo a procesar lo que realmente vio.

Entonces un rayo dividió la oportunidad de identificar ese ser que había visto, hasta que desapareció de su entorno y la cegó totalmente... fue tan impactante que despertó al instante, quedándose estática, fría, y a la vez nerviosa. Su manera de pensar había cambiado en solo un instante.

Quizás no fue un instante.

Pues, según Madrigal, no podía existir alguien que pudiese ser mayor control en ella que su misma alma.

Pero eso pasó. No te imaginas cómo, yo tampoco lo sé, pero en Madrigal hubo una parálisis espiritual en fracciones de segundos.

Se sintió viva. *Viva.*

5

Cerró los ojos, se nubló su vista. Ya aquel cuerpo no estaba, pero sí el sentimiento, los recuerdos y su lunática memoria bombardeándole el minuto más perfecto y vivo de su vida.

¿Dónde estaba aquella persona o lo que sea que haya sido?

No lo sabía, lo único que sabía era que eso fue su mayor perdición la cual la había llevado a la gloria, al Cantar de los Cantares; donde redactaría cada versículo de su corazón, porque ya lo sentía latir, al fin se dio cuenta que tenía uno.

Estaba equivocada al luchar todo ese tiempo consigo misma, era un duelo mental, pues, ¿cómo podía tener la capacidad para sentirse mal y de un momento a otro tan bien si no era por su propia voluntad?

¿Dependía de un tercero todo esto? ¿Cómo tenía la capacidad de provocarse su propio final? ¿Tenía final? ¿Cuál era su principio?

Espero que pronto lo sepamos.

Ahora bien, ¿Qué fue eso que la hizo cambiar de opinión?

Los cristianos dirían que fue una revelación. Por favor... eso es cliché. Madrigal estaba enamorada, lo sabía y quiso encontrar aquel motivo de su transformación.

Por lo que entiendo que la secuencia de su próxima carta de la historia es la siguiente.

Carta seis

Letras > Infierno

Me pregunto qué siento por ti...

Mi respuesta está intacta en el aire, encerrada dentro del espejo porque no se ve su interior, desaparecida en la Nada.

Jugando con los fantasmas de mi silencio, ahogada en cada gota de lluvia.

No sé expresar lo que siento, no tengo el significado exacto, pero... Solo sé que es como el placer que siento al tomar café en las mañanas, la pasión a cada dibujo que realizo, la intriga de un libro en la madrugada. Es extraño, es parecido a mi debilidad por el humo, lo sé porque cada vez que exhalo, me refleja tu imagen.

No sé lo que siento por ti, quizás no siento nada, si lo hiciera, tendría una palabra exacta. Tal vez es un sentimiento sin palabras porque nadie ha encontrado cómo nombrarla, quizás sea porque nadie conoce este sentimiento.

Podría describirte lo que siento por ti, pero te estaría diciendo mentiras, no porque no te quiera, sino porque no se define con palabras. Amo la luz que me proyectas, el viento que me soplas, tu mirada que me atrae y me dirige por caminos que nunca llegué a pisar.

***

El prefacio de estas hojas empezaría por cinco palabras: "La Leyenda de Nuestras Euforias". No lo quise escribir al principio ya que, en primer lugar, quería que te dieras cuenta por qué es una leyenda. Porque empieza con un sentimiento pasado que aún vive en el presente con camino al futuro, como todas las leyendas.

Aunque no sé si siento algo por ti, que seas mi pesadilla y a la vez el sueño más grande de mi vida no quiere decir algo específico.

Eres mi confusión más profunda, mi deseo infernal, mi fuego eterno, ráfagas de deseos imperfectos.

La voz que me susurra cada segundo, la luz que nunca he tenido.

Eres algo así como la fórmula que me encantaba realizar en matemáticas, la delta perfecta, el infierno exacto en la llama de mi corazón.

¿Qué siento por ti?

No creas que sea amor, no sé lo que es eso. Eres simplemente el iris del ojo de mi alma, la fotografía de mi vida, el epílogo de mi libro, el principio de mi final.

No te alejes de mí, tu fuerza me convirtió en el ser que soy ahora. Muchos dicen que soy una bestia, otros dicen que soy un demonio; yo diría que soy un cerebro trastornado atrapado en un cuerpo parecido a un humano, con alma oscura pero un buen corazón.

No te vayas. ¿No ves que soy un Frankenstein creado por mis pensamientos el cual introduje un tornillo de tu alma para que seas mi debilidad, fuerza e intuición en cada crepúsculo de mi vida?

Una parodia de un misterio, una señal de la pesadilla de medianoche...

No soy gran cosa, pero... ¡No te vayas!

Puedo darte las lunas de Saturno, cosechar para ti todos los frutos de Ávalon; puedo ofrecerte mis cuernos invisibles, mis alas de fénix que vuelan a los sueños más imposibles de la existencia. Podría enseñarte la oscuridad de mis ojos, el abismo que se esconde en ellos, el que mira dentro de mí.

Nadaría contra la corriente eterna de Styx, y así poder regresar una y otra vez a ti.

Eres tú quien ha creado todo, o nada. Porque esto es nada comparativamente con todo lo que imagino, con todo lo que pienso, con todo lo que siento...

Con todo lo que soy.

Carta siete

Matrimonio Eterno

Trato de hacer las cosas bien, actuando con normalidad. Cuando todo parece estar en mi contra, sonrío disfrazando mis frustraciones.

En realidad, siempre he estado equivocada, la única que le pone la contraria a todo soy yo misma. El mundo siempre ha estado a mi favor, es mi alma la que se auto condena.

Anoche corrí por todo el bosque para no mojarme por la lluvia, sentí libertad y a la vez adrenalina, quería escapar de algo que al final me cayó, asimismo es mi mente, quiere escapar de remordimientos que siempre van a palpitar en mis neuronas.

Suelo escribir muchas disparatadas, tanto sobria como ebria, a diferencia de las dos, ahora que estoy sobria me doy cuenta de que escribo con más realidad, sintiendo más el dolor, obviando un poco el amor. *El amor...*

Con veinte años he aprendido que la vida nos da sorpresas y cada ser es parte de la fiesta, con veinte años también me he dado cuenta de que el alcohol afecta tanto como el desamor y el cigarrillo es el compañero de la soledad.

Puedo decir que estoy orgullosa de quien soy hoy en día, puedo decir que he podido estarlo más, pero no he querido, quizás porque no tengo carácter o porque no puedo dar más de lo que he dado.

Me encanta fruncir el ceño, sin darme cuenta hablo durmiendo, escribo hoy y mañana no recuerdo, hablo muchas cosas y al final ninguna de ellas me detengo a escuchar.

Cómo me encanta escribir, cómo me encanta hacer todas estas cosas. Me estoy sintiendo literalmente limpia, dejando toda la amargura de las letras en un pedazo de papel. Me da miedo a veces pensar que todo lo que amo es lo más extraño de este mundo, que todo lo que me da risa en realidad no tiene nada de gracia y los momentos perfectos para mí son los que otros consideran malditos.

No necesito darme a entender con los demás, ¿para qué? No me interesa que sepan lo que en realidad me pasa por la mente. Prefiero ser de aquellos que aparentan ser tiernos y comunes, que mostrar mi lado salvaje y oscuro.

Miro al cielo, no encuentro qué mirar, eso pasa cuando conoces algo tan grande, así como cuando amas a alguien, no sabes explicar lo que sientes porque amas demasiado para tener las palabras exactas.

Redacto, sin pausa alguna, como las rayas deformadas y perfectas de un tigre blanco. Redacto, con pasión igual, como la mordida de labios que me dan cuando juego con mi lengua en su cuello.

Me considero una dama de honor para la boda de mis tentaciones, donde hago el papel de acompañar mi orgullo hasta el altar. Me hago parte también del encuentro de dos amantes, el miedo y la soledad.

Soy la protagonista de la boda más grande de mi vida, donde desde hoy, tengo el mismo honor de voltear la hoja.

Sí, ya puedo besar a la novia.

CAPÍTULO III

1

Hubo una coexistencia en el Panteón. Todos murmuraban en los suburbios el carácter y la forma de Madrigal, era completamente diferente.

Aquella noche en Flourvania hubo una fiesta de máscaras. Todos llevaban vestuarios super elegantes. La música era un conjunto de melodías, donde el piano y el violín eran los protagonistas.

Celebraban el inicio de primavera, chocaban copas y bailaban sin pensar en el tiempo. Quien pensara que las bestias no disfrutaban, estaba en lo incorrecto. ¿Por qué no pasaría? Si este mundo está lleno de probabilidades.

Es un error de nosotros como humanos creernos los únicos merecedores de vivir. El pensar que el mundo gira alrededor de nosotros es el primer paso para ser mediocres.

Cuando nos damos cuenta de que somos una mínima parte del universo, estamos despertando.

2

La Señora Mars llevaba un traje blanco con detalles dorados en los hombros, un pañuelo verde olivo que se le enroscaba en el cuello, dándole alrededor de cuatro vueltas. Cabello recogido mostrando un porte de "no me toquen". Pintalabios rojo, realmente era una señora muy interesante.

Lo que no te había comentado es que se delineaba el ojo de su frente con color amarillo, -sí, tenía tres ojos visibles- aplicándole sombra color marrón, que le creaba un *smokey eyes* escalofriantemente sensual.

3

Pasada unas horas, ve a su hija entrar a la fiesta, fue como si todos sintieran una energía empujarlos y voltearse a mirar.

Sobre la alfombra rojo vino iban caminando sutilmente unas zapatillas con piedras preciosas, eran ónix y granate, dejándole mostrar sus delicados pies.

A continuación, se mostraban sus piernas, delgadas y tonificadas, pero indudablemente sexys. Luego le seguía una sombra que provenía de su vestido rojo sangre, dejándole ver sus curvas y el escote que adornaba con el brillo de su piel.

Y si te describo su espalda, espero que la imagines como realmente se veía, era imposible no excitarse con tanta belleza, la curva que daba fin al encaje le revelaban las líneas de sus alas; aunque el cabello cubría una parte, la distancia que sobraba entre el mismo y el vestido delataban aquella cicatriz.

No esperaban la sorpresa de su llegada, pero ahí estaba.

Con sus pestañas de seda protegiendo el magnetismo de sus ojos, sus labios perfectos que se deslizaban un poco para crear una sonrisa disimulada.

En el fondo se escuchó alguien gritar: ¡Dios mío, la Quimera!"

La fiesta continuó y la Señora Mars agarró a su hija por las manos, llevándola a brindar con unas copas de rosé.

Aquella noche fue mágica, cada manuscrito que leo de Madrigal me enseña algo, más bien me hacen recordar cosas que siento que viven en mí, lo que Madrigal vivió esa noche lo explica de la siguiente forma:

09+18+2022=33
Arcano Menor No. 33: La Alianza

La diferencia era que anoche yo no estaba ahí, sabía que estaba en la fiesta, pero yo no sentía que yo era yo... se me fue el ego. Se me fue la personalidad, se me fue la identidad, yo me preguntaba, ¿quién soy? Yo soy Madrigal, y Madrigal es un personaje de la matrix. Yo soy esto que se mueve con la música, porque la música es el sonido de la creación, en diferentes tonalidades, diferentes frecuencias, pero es la receta del universo. Y solo me venía una respuesta a la cabeza: somos luz, calor y sonido atrapados en la carne. Yo me sentía tan conectada a tierra, al mismo tiempo que sabía que no pertenecía al cuerpo, como si fuéramos marionetas de una fuerza que controla y predice todos los eventos que están ocurriendo en ese instante. Por ende, también sabía todo lo que iba a suceder, como si todo lo que estaba ocurriendo ya yo sabía que iba a pasar, pues estaba fuera del tiempo, y podía estar en el futuro a la misma vez. Pues estaba tan presente que sentía cómo la música me lanzaba a donde ella me quería llevar, y solo éramos ella y yo, conectadas a la fuente, la fuente del Origen. Y ahí me llevó, y finalmente entendí lo que estaba pasando con una palabra: somos Dios, y uno con el otro se va alimentando de cada uno, pues al final para eso estamos en este mundo, y pensamos que pertenecemos a él porque nos alimentamos del mismo, por ende, nos sentimos atados a la madre Naturaleza, pero esto es solo por el cuerpo, la realidad es que el espíritu sobrepasa este planeta. Aunque no pertenecemos a él, espiritualmente hablando, este universo solo es un lugar más, una etapa que nosotros, por alguna razón decidimos vivir un instante, así llevarnos alguna lección en la memoria, y seguir nuestro camino, hasta la eternidad. Así me sentí yo, y fue tanto el vacío que sentí, que no podía pensar de manera singular, era la vos del yo soy, era la nada. Pues debió pasar ese encuentro con esos seres, sentía que pertenecía a todos, que yo era todos, pero en esta vida me tocaba vestirme con el cuerpo de Madrigal, en aquella fecha, en aquel momento, y eso era todo lo que tenía que saber hasta entonces. Y me hizo desapegarme de los pensamientos, ya ni siquiera tenia deseos, solo era Dios. Y por eso yo digo que pertenecía a todos, yo era todos, sabía por qué actuaban como actuaban, entendía todo, estaba en todos al mismo tiempo, como si yo fuera la red del universo.

Renacida en Cristo.

4

Fue una velada divertida para todos, la ayudó a escapar un poco hasta que volvió a casa y llegó el momento de encontrarse sola nuevamente y volver a pensar en el amor de su vida..

No borraba de sus recuerdos aquel momento. Aquel encuentro con su amor.

Solo se dedicaba a exhalar el humo que llevaba en su interior mientras escribía y dibujaba cada detalle de sus sentimientos y cada figura geométrica del rostro de su debilidad, de lo que había visto aquella noche en su *sueño*. Pero no era un sueño, era el Multiverso en su máxima expresión, y gracias a sus poderes, ella podía llegar a todas partes, aunque no tenía el control sobre esto aun, pues no estaba del todo consciente, necesitaba más introspección. Aun así, continuó dibujando lo que su imaginación le permitía recordar de aquel momento, de aquella mirada, aquella silueta de la que se había enamorado locamente, y reía constantemente al ver que el rostro cada día se parecía más al que había visto, al menos eso era lo que ella creía. Por mala suerte, tardó días, incluso semanas para finalizar su obra de arte, ya que era miope y no detallaba con exactitud sus rasgos, peor aún, tenía mala memoria.

Aunque esta vez no la perdió.

Madrigal escribía sobre piedras en números romanos cada día que pasaba sin encontrar su amor, hasta que escarbaba los ríos solo para conseguir más piedras.

Aunque pasara mil años fuera de casa.

Dibujaba también, bocetos de su espalda con las alas que tenía marcadas, imaginaba su anatomía y las dibujaba en diferentes formas: con plumas, con suturas, con encajes, escamas, como un quiróptero, con colores degradados…

Imaginaba el momento de encontrar aquel ser que solo estaba vivo en su imaginación, no sabía si en realidad había existido o era fruto de sus demonios.

Quería encontrar aquel martirio de oro, mostrarle sus luces y sombras.

Quería ser amada como ella había aprendido a amar.

5

Números binarios, eso parecían los rasgos de su piel de todas las formas horizontales y verticales que la tinta creaba, era una artista ilusionista en el cuerpo de una diosa, eso parecía ella, una diosa con la mente de un monstruo enamorado.

Enamorado.

Capaz de dar todo lo que su memoria e imaginación podían revelar al universo.

Excepto que los monstruos no tienen alas, pero ella sí las tenía. Aunque aún no podían volar.

Solo doler.

Dándole paso a sus próximas cartas.

Carta ocho

Código Indefinido

Comienzo escribir sin ni siquiera tener una primera palabra en la mente. Bien, lo primero que pensé fue en comenzar.

Me gusta escribir con tinta y papel, siento que derramo inspiración con tan solo una pluma. Mis propósitos serán breves: ser feliz. Aunque esto es relativo, pues todos pueden pensar que ya lo soy, claro que lo soy, el problema es que nunca he aprendido cómo serlo.

Nos llenamos de metas pensando que así nos sentiremos orgullosos y realizados, eso es correcto. Pero la realidad es que a veces esas metas no te dan la felicidad que esperabas, sino otra cosa que los demás piensan que es tu perdición.

No suelo ser de aquellos que pasan su vida prometiendo cosas, no creo en promesas. Creo en las palabras, por eso trato de escribir cada vez que me llega un minuto de inspiración.

Me encanta permanecer en la etapa de placer, y eso lo logro cuando fumo. Pero me atrevo a escribir, plasmar palabras que me ayuden a entender luego de un cierto plazo cuáles decisiones eran las correctas.

Son las 2:34 A.M., quisiera dormir, muero de sueño, pero me gusta más soñar con los ojos abiertos, y por eso estoy aquí, desvelándome, quizás sin ningún motivo o con suficientes. Trato de redactar rápido para que no se me escape nada de la mente mientras pienso... Bien, finalmente puedo escribir algo concreto, a veces pienso.

Hoy es un día diferente en el que simplemente no tengo que repetir lo mismo que hice ayer. Si el propósito del mundo es estancarse en lo mismo todo el tiempo, no constara de amaneceres, sino que siempre viviríamos en el mismo día.

Quisiera tener la voz de un cantautor, no sé, a ver si mis pensamientos suenan más lindos de lo que se ven. Me gusta disfrazar mis intenciones, así parezco más tierna y confiada, también me gusta quitarme la máscara, de vez en cuando, pero solo cuando me interesa enamorar.

Mi comportamiento no encaja con los estereotipos típicos, soy demasiado compleja para disminuirme en algo tan escaso como un simple estereotipo. Es extraño, podría describirte mi interior, pero no tengo palabras. Sí, es extraño, pero no tengo el significado.

Ahora bien, con dos o tres besos en tu espalda te defino mis raíces.

Ahora bien, con cuatro o cinco mordidas en tu cuello te describo mis deseos.

Carta nueve

Alter Ego

Ante tus ojos puedo ser lo más perfecto, el "ser humano" más bello y dulce que puedas conocer. Podría tener los ojos más hermosos, la piel más suave y el cabello de una sirena.

Ante tus ojos puedo ser la luz, en cambio, te equivocas.

Soy sinónimo de imperfección, mis ojos solo ven la parte animal de mi ser, devorando así toda la humanidad que una vez existió. Siento el paladar de mi ego, tan amargo como el ron más añejo. Veo mis ojos, son hermosos, es cierto, pero su misterio causa la discordia.

Mi piel no hace contacto con ninguna otra, por eso la considero fría. Las sirenas no existen en mi vista, para mí es una pequeña virtud de recibir caricias.

Ante mis ojos puedo ser la oscuridad, en cambio, me equivoco.

Carta diez

Ser, No Ser

Soy un muerto viviente tratando de revivir sentimientos que nunca han existido; pues soy de aquellos seres humanos que siempre han sido, pero nunca han actuado con humanidad, entonces simplemente soy un ser, un ser capturando momentos para tratar de ser alguien, alguien capaz de sentir, capaz de aprender a vivir.

No he aprendido mucho de la vida, pues, por ejemplo: nada pasa, pero nosotros nos vamos, hasta que llega el momento en que vemos todo pasar, y nos damos cuenta de ello cuando no podemos irnos.

Soy un vivo muerto tratando de matar sentimientos que siempre han estado ahí; pues soy de aquellos seres humanos que nunca han sido, pero siempre han actuado con humanidad, entonces, simplemente no soy un ser, un ser que no tiene el valor de capturar momentos para tratar de ser alguien, alguien que no sea capaz de sentir, capaz de no aprender a vivir.

He podido aprender mucho de la vida, como, por ejemplo: todo pasa y nosotros nos quedamos, hasta que llega el momento en que nos vamos, pero no nos damos cuenta de ello porque ya no estamos.

Quizás sea un libro apocalíptico donde redacto capítulos de mis pensamientos, un ángel arrojado del inframundo con alas invisibles. Quizás sea solo eso o algo más, como el cordón umbilical del cielo directo al infierno, quizás no sea al infierno.

Ya lo tengo dentro.

Podría ser algo épico, tal vez la melodía de la canción que nunca se compuso; la invisible letra del abecedario, el número infinito, la fórmula perfecta, el fuego eterno, el solsticio constante en tus pensamientos, la gota de lluvia que no se desvanece, el viento en el ocaso... El ocaso en el viento.

Podría ser los puntos suspensivos de las palabras que nunca se escribieron, o de las que nunca se dijeron.

La otra cara de la Luna.

Carta once

El Arte De Mi Destrucción

Soy alquimista con el simple propósito de crear un quinto elemento, el que te definirá exactamente cómo eres:

El descubrimiento de mis sombras, el motivo de mis insomnios. Podrías ser la creación más grande de mi vida, el elixir de mi cuerpo; ya que contienes los cuatro elementos que dan inicio al quinto:

El agua: la contemplación de la lluvia en mi alma.
Fuego: la llama de mi infierno.
Aire: el suspiro de mi vida.
Tierra: la raíz de mis pensamientos.

¿Acaso no ves que eres la fórmula perfecta?

Podría decirte tantas cosas, cosas que nunca habías escuchado, pero qué va, me las reservo.

Tengo un trinomio cuadrado perfecto de defectos, el mayor de ellos es mi gran intensidad, por eso siento estas ganas de tenerte intensamente, tanto que redacto líneas de obsesión en unas hojas inocentes:

"No tengo cómo contemplar tu rostro más que con una curva lineal de mi lápiz, tus ojos que con la fina punta dibujo, así puedo sellar en mi mente cada detalle de tu piel, cada ofrenda de tu mirada.

Cada instante que halago dibujándote, es cada instante que más te siento cerca, como si estuviera creando al propio demonio que me destruye, como si me gustara destruirme. Es que al instante que me destruyo, te creo a ti, y prefiero destruirme viendo tu rostro que no hacerlo y quedarme sin él. Profundos ojos seductores, dulce boca acompañada del lunar que se siembra en ella reflejando el portal hacia Hades, dándole el toque perfecto a mi perdición.

A mi destrucción.

Te dibujo lentamente, analizando cada instante para la finalización. Ya tengo tu rostro a blanco y negro en un papel, lo he culminado en este amanecer ya que eres la creación de mis insomnios, pero aun así lo tengo gracias al arte de mi alma... Y me he dado cuenta de que eres el rostro más perfecto que mis manos han podido crear."

No te ofrezco mi pincel porque sin él no existo, entonces no podría hacerte suspirar en cada tinta que expulsa mi instinto. Puedo ofrecerte mis alas para que viajes conmigo al infinito, traspases tus miedos y tus lágrimas no sean un laberinto.

Mira cómo te pinto, sostente de mis costillas como las notas musicales que sostienes en un piano, el viaje es de tres primaveras a cinco y no verás los días. Las alas van creciendo continuamente me las acaricias y me acerco más a la Luna seiscientos mil centímetros.

Sientes frío en la atmósfera, incluso más de lo que soy, no te importa porque te sientes lejos del mundo; Y llegamos a mi mundo, finalmente aterrizo y ya sientes calidez, te apoyas de mis alas hasta que lo haces con los pies.

Abres tus ojos y ellos lo pueden ver, el viaje no fue un sueño y no lo logras creer, es que nunca habías imaginado que algo tan bello lo pueda hacer alguien tan cruel.

O quizás no sea cruel.

Carta doce

Quiero

Cuando un alma quiere, atrae, correcto sí. ¿Y cuando dos almas se atraen…? Será entonces que las dos se quieren.

Por ende, tu atracción no es normal, la mía nunca lo ha sido.

Capta, capta estas letras y ya he atraído nuevamente tu atención y tus encantos.

Siento el tacto, el aroma de tus suspiros y sonrío. Te miro, en realidad tengo para decirte que nos hemos atraído… otra vez. Admiro tu sensatez, conspiramos con el verso de querernos y deseas mis labios, sin querer.

Te vi de tantas formas diferentes que ya sabía cómo te excitabas más, te vi en diferentes posiciones que contemplaba tus costillas en todos los ángulos. Te escuché tanto gemir que ya sabía cómo lo hacía venir más bonito, sentí tantos de tus orgasmos que teníamos el máximo récord en mis notas. Te imaginé tanto, que hoy la realidad para mí es común. Mientras tanto ahora es que lo sientes, sientes todo lo que ya anteriormente me hiciste sentir.

Cuando menos lo pensaste, mi lengua ya tenía una fiesta en tu cuerpo. Ya comía cada píxel de tus poros.

Y ya que estamos frente a frente, aunque sea en nuestras mentes:

Quiero ver cómo se dilatan tus pupilas al acercar mi lengua en tu vientre.

Quiero conspirar a favor de tus orgasmos al rozar mis dedos de pianista por tus entrepiernas.

Quiero permanecer saboreando el placer de hacerte sentir en otro universo.

Quiero visualizar tus deseos con tan solo sentirte.

Quiero sentirte temblar por miedo a perderte.

Quiero consumirte los suspiros que haces luego de explotar de placer.

Finalmente,

Quiero tomar café, fumarme un cigarrillo, pero quieres que repita estas letras, haciéndote lo mismo que acabo de escribir.

Sí.

Yo también quiero.

CAPÍTULO IV

1

Ciento dos días después... Madrigal estaba mentalmente agotada. Solo tenía su papel con el rostro de su amor pintado y su navaja en los bolsillos. Se dirigió a Occultrox después de meses fuera de su hogar.

No sabía qué hacer, a quién acudir, luego recordó lo que Abigor le había contado acerca de la demonología y sus poderes sobrenaturales. Pensó un instante, quizás dos.

Tomó una taza de café.

Fumó tres cigarrillos, tal vez cuatro.

No quería arrepentirse y luego se sintió segura de lo que iba a hacer, no tenía más alternativa, se iría a buscar al Señor de los Demonios: Amon.

Abigor, la leyenda. El Diablo. La solución de sus problemas.

Su muerte.

Decidió conocer al Diablo, decidió tener los ojos de alguno de sus hijos.

2

Y fue luego de eso que emprendió el viaje, cientos de kilómetros pasaban y aumentaba su ansiedad a medida que se acercaba más. Podía tener el presentimiento de que algo iba a salir mal, pero no quería parar, ya estaba decidida; no tenía nada que perder, pues ella nunca perdía.

Nunca se preguntó si era la mejor manera de actuar, si estaba en lo correcto, si dejarse llevar de sus emociones era la respuesta.

Nunca se detuvo a autoanalizarse, por más que en su infancia haya puesto en práctica lo que la Señora Mars le enseñó, por mucho que meditara y estudiara, no hizo una pausa para adentrarse como debía hacerlo, pues estaba buscando fuera de ella las respuestas.

Creía ciegamente en que el amor estaba en el exterior, pero no lo encontraba. Y eso la frustraba, al punto de cometer locuras. Su ego se apoderaba de ella una y otra vez. Se olvidaba de lo especial que era, de su poder. Puede que la causa de esto haya sido su naturaleza, estos patrones mentales una vez se colocan en tu subconsciente son muy difíciles de sacar. Al menos que te des cuenta de esto, seguirás repitiendo los mismos pensamientos, por ende, las mismas acciones, vienen entonces las reacciones previstas.

Es como un juego donde una vez te aprendes la mecánica, ganas. Si no te das cuenta de ello, te quedas en el laberinto hasta que pasen muchas vidas; no importa, el fin llega cuando decides despertar.

Y cada uno lo hace a su tiempo, nuestro propósito es llegar ahí: a casa.

"Y conoceréis la verdad y la verdad os hará libres." – Juan 8:32

3

Madrigal empezó a sentir un calor incómodo, sentía su piel arder, como las llamas a las que sabía que se iba a enfrentar. Decidió continuar luego de que vio la señal de su destino.

Había llegado al enorme castillo.

Lo había identificado a tres millas.

Carta trece

Melodías Mudas

¿Cómo te explico? Mis razones no son lógicas. Tengo mil pretextos para amanecer contigo, tengo mil motivos para respirar tus suspiros, pero créeme, es lo menos que quiero darte a notar.

Capto actos elocuentes que transcurren en la gente, ¿cómo entenderían? Si no saben utilizar los verbos correctamente.

Sobredosis de droga para causar somníferos, sería lo mismo que me besaras desde mi boca hasta mi ombligo...

Créeme, no trato de intimidarte, trato de permanecer en tus pensares un buen tiempo.

Créeme, podría intimidarte, pero cuando te des cuenta tu voz estará gimiendo.

Sonidos sordos, melodías mudas... Podría invitarte al concierto de mis demonios, pero prefiero hacerte un buen café que es lo mismo. También podría escribirte una carta romántica, pero prefiero desnudar tu alma que es prácticamente lo mismo.

Practico con cigarrillos como echarle hielo a un ron. Traspaso colillas como el arco a la manzana, sin embargo, soy la misma quimera, a diferencia de que antes sabía menos que ahora.

No te creas, no sabía lo que era morir en vida, cantar callado, bailar parado.

No sé cómo podrías enamorarte de alguien así, así tan vacía.

Quizás porque llena todos tus espacios con solo mirarte, quizás porque nunca he sabido cómo no mirarte.

No sé cómo podrías enamorarte de alguien así, con un infierno en su interior.

Quizás porque mis llamas se aprovechan de tu cielo, quizás porque nunca he sabido cómo no hacerlo.

Carta catorce

Secreto Número 13

Muchos dicen que soy la reencarnación de Lucifer, lo dudo, pues considero que entrego mi corazón en cada momento que amo, y lo que amo es estar contigo.

Entonces, ¿por qué sería producto de una reencarnación del mal si puedo amar?

A menos que dejes de existir, entonces no podré estar contigo, o sea, no podré hacer lo único que amo.

¿Qué es la muerte si no es estar sin ti? ¿Qué es la vida si no es amar tus latidos?

Vamos a recordarnos del pasado, así como cuando vas por la mitad de un libro y decides leer el primer capítulo otra vez.

Vamos a olvidarnos del presente, así como cuando inhalas la nicotina cuando despiertas.

Pongámosle pausa al futuro, es que no podemos imaginarnos uno sin el roce de nuestra piel, sin el tacto de nuestras costillas, sin el susurro de nuestra voz.

Somos algo tan exacto como 2+2 son 4, somos algo tan imperfecto como los dedos de la mano. Es un laberinto, así como cuando me concentro en tus pupilas dilatadas. Hemos creado el infierno tantas veces que siento que vivo dentro de las llamas.

Esto es parecido a una comedia, donde nos burlamos de los sentimientos de los demás, solo concentrándonos en los nuestros, y devorándonos, aprovechando cuando el único testigo es la oscuridad.

Esto es también una tragedia, cuando nos toca experimentar actos de placer en brazos de alguien más. Somos algo tan sofisticado, como si hiciéramos algo fuera de lo normal. Algo tan prohibido que nos lleva a querer más, más y más.

Canto los secretos de nuestras miradas, solo en mi consciencia, mientras me dices tantas cosas con solo sonreírme. Pues escondemos el misterio más hermoso y abrumador detrás de nuestros ojos.

Nos sentimos en otro mundo cuando estamos a solas, nos sentimos tan lejos que se nos olvidan las horas. Solo dos entre una multitud, donde se creen perfectos y tienen el descaro de juzgar.

Mientras tanto, tú y yo, somos el trago delicioso y amargo a la vez, tomándonos la piel, el alma y no dejándoles nada a los locos que no se imaginan nuestras euforias.

Somos esto, porque esto es lo que somos, sin menos, quizás con más, pero esto somos.

Somos la receta perfecta para el paladar del pecado, pero eso somos, y solo podemos ser así cuando estamos a solas, porque nadie nos conoce, porque solo tú y yo lo sabemos. Porque solo tú puedes hacerme ver el cielo y yo con gusto, cada día y noche que nos volvemos a ver, te presento mi infierno.

CAPÍTULO V

1

Habían pasado siete días y trecientas noches luego del viaje, estaba muy lejos de su Ciudad, incluso de su mundo. Allí se encontró con un río de agua negra, rodeado de piedras marcadas con números romanos. Eran las que ella había marcado, no sabía qué hacían ahí. Supongo que Amon, el Dios del Mal, las tenía como colección, ritual; eran sus ofrendas más apreciadas. Pues lo sabía todo, sabía que iba a acudir a él, eran tan fuertes las ansias de Madrigal como el poder del mismo Diablo, tan grande como su sabiduría, tan magnético como la atracción de sus miedos a las habilidades de Amon.

Pero era muy tarde para volver atrás, lo creo así por las cartas que vienen a continuación. Puedo sentir en ellas cómo Madrigal se resignaba a soportar cualquier cosa por solo llegar a entender por qué actuaba de esa forma.

¿Qué buscaba?

Carta quince

Negro

Negro, como el agua de mi río.
Rojo, como el aire que respiro.
Blanco, como el color que no existe y tú, como la persona que no me corresponde.

No sé qué es peor, lo que siento o las bestias de este mundo.
No sé qué es mejor, tu presencia o un viaje a la Luna.
Eres la capacidad de sostener mi aliento por diez segundos con tan solo mirarme.
Eres la contemplación de la aurora boreal al respirarme. Mejor aún, eres el camino hacia el infinito con tan solo sonreírme.

Una palabra, quizás dos, ninguna bastaría para sacar de mi alma estos pensamientos. No creo en el amor, tampoco en los sentimientos, para mí todo es mental y estoy llegando a creer que tú controlas todos mis pensamientos con tan solo existir… O, aunque dejes de hacerlo, porque no hace falta verte o tenerte cerca. Te siento, aunque no estás, te pienso cuando ni siquiera sabes que existo.

Amo los números, quisiera demostrarte con ellos lo que tengo dentro, pero no existe fórmula alguna que pueda hacerlo, es que no existe un último número para que sea el resultado de esto. Esto no es un número, esto no es un resultado, las fórmulas son perfectas, los números también, esto no es perfección, tampoco es lógica, diría que es el mejor defecto que ha tenido mi persona.

¿Sabes qué siento? Impotencia, impotencia por pensar que eres uno de mis vicios más destructivos. No me irrita saber que no te tengo, sino que has superado mi adicción por el café, tal vez del cigarro, alguna droga que consuma. Tú has sobrepasado todas mis adicciones, no puedo olvidar tus ojos con ninguno de mis vicios porque tú te has apoderado de todo.

De mí.

Es ilógico creer que alguien pueda llenar todos los vacíos que me satisfacen las adicciones, también lo es cuando ese alguien puede hacerte feliz con solo una mirada, de la misma manera que consumieras droga. Es como si eso fuera tu droga, es como si su sonrisa te suministrara dopamina, como si su tacto te saciara la sed y su aroma fuera el café que tomas todas las mañanas... Así me siento yo.

Me pierdo en tus lunares, *como si me importara regresar*. Cerraría los portales a la realidad si me lo pidieras, porque la realidad es relativa como también lo es la mentira, todos creen vivir en el mundo y yo en la fantasía.

¿Qué prefieres tú? ¿Vivir de los demás, de lo que es supuestamente correcto o incorrecto, la monotonía? O, ¿Soñar al mismo tiempo que respiras y alcanzar las estrellas con tan solo cerrar los ojos?

Si estar contigo significa ir al infierno... ¿Qué es para ellos el cielo?

Si desear recorrer con mis labios cada uno de tus lunares es un pecado, mi vida lo es.

Si para ellos es una maldición cada momento que tiembla mi alma al verte sonreír, siempre he estado maldita.

CAPÍTULO VI

1

Un poco más cerca estaba el famoso castillo del Diablo, parecido al de Mordor, pero más gótico. Debía forzar la vista ya que no había ni una lámpara encendida. Las flores estaban tan marchitas que se volvían cenizas tan solo con soplarlas. Era tan contemporáneo como la mitología de su existencia, tan infernal como su filosofía.

Mirando al cielo se podían encontrar destellos de luces amarillas, la Luna se postraba en la parte final del Castillo con un toque rojizo, pues el Sol, al parecer no quería morir esa noche, como si quisiera ser parte de ese acto que estaba a punto de empezar.

La brisa aquella madrugada no cesaba, los árboles danzaban gracias a su intensidad.

2

Fue caminando poco a poco, asombrada por cada detalle, pero sin dejar de enfocarse en llegar a la puerta. Acercándose cada vez más podía escuchar cosas, era como si le hablaran, pero en otra dimensión.

Al momento de llegar a la entrada del castillo, se topó con un lago que rodeaba las toneladas de rocas de la cual estaba echa aquella arquitectura gótica. Este cruzaba por debajo de un puente de madera que culminaba unos centímetros antes de la puerta principal.

Acto seguido, por un momento Madrigal perdió el enfoque para usarlo en algo que no se podía dejar pasar por desapercibido.

Era el brillo que se veía dentro del lago, no por el reflejo de la luz de las estrellas, literalmente este esplendor estaba dentro del agua.

Se acercó un poco y se dio cuenta de que en toda la orilla había más de esto, *fue impresionante*. Sus colores eran rojas, otras eran verdes, azules, moradas… un arcoíris de riqueza.

¡Eran gemas!

Parpadeaban cada instante por la energía que la Luna le suministraba, era como si se recargaran de la misma, literalmente.

Madrigal se sintió en un estado de trance, solo era ella y el todo.

3

Cuando finalmente pasó el puentecito de unos veintitrés metros, estaba frente a la entrada del castillo.

Las puertas se abrieron, no vio a nadie, solo oscuridad. Un susurro sobre su hombro la llevó al centro del castillo sin darse cuenta, eso pensó. Pues solo había parpadeado y ya estaba en otra parte, fue como una teletransportación.

Pisando la alfombra de terciopelo tan ardiente como estaba su cabello, se encendieron alrededor de trece mil luces que estaban sujetadas con anclas tan fuertes como el ardor de su espalda.

Se protegió los ojos con sus manos inmediatamente, era imposible no molestarle la vista…

¿Dónde estaba?

Madrigal lo explica en la siguiente carta.

Carta dieciséis

Pandemónium

Te susurro al oído los gritos de mi alma... hasta que despiertas en el sueño.

¿Puedes ver lo que yo veo?

No lo sé, pero te explico: el Sol sangra los rayos ultravioletas hasta que la Luna lo enfrenta formando un eclipse, finalmente muere.

Ahí salgo desamarrando las raíces de las plantas que sostienen el telón que te impide descubrir todo lo que aquí se oculta. Pero me atrevo a mostrarte, todo expresarte, todo enseñarte y así darte cuenta de que...

Más allá de una sustancia actúa mi subconsciente. Mentalmente te llamo y de pronto te conviertes en un químico suplente que da vida a lo incoherente, creando en mí la bestia que devora excitantemente.

Tu sonrisa me seduce, eres el vicio más adictivo que ha corrido por mis venas. Si pienso alejarme, de sangrar correría el riesgo. No me importa si eres mi perdición, solo que estés en mi existencia. Siempre que te vas me comienza el síndrome de abstinencia.

Sostén mis cigarrillos, no dejemos evidencias, a no ser que quiera morir sin tu presencia.

Creo capítulos, como también versículos, por eso redacto con miedo desde una noria el fin de mi historia. Profetizando mi propio Apocalipsis donde tú eres la causa del Omega y mi paranoia.

Vendrá cuando no consuma más tu elixir, cuando los relámpagos no canten porque no estará tu presencia. Cuando te vayas de mis manos, aunque te hayas aferrado a mis labios y te pierdas en el camino hasta llegar al pantano. Cuando sobren las agonías tan solo con un adiós, cuando nuestro encuentro sea como la noche número mil dos.

Sería mi final y mi dolor, cuando me bajes la mirada y al mismo tiempo me arranques el corazón. Cuando no tenga palabras, ni siquiera respiración. Cuando me dé cuenta de que solo me dejaste una hemorragia sin salvación.

Mientras tanto sujeta mi encendedor, prende esta lámpara de gas, es suficiente para sentir el ardor. Concéntrate en mirar un poco más, te doy la bienvenida a esta mágica ciudad.

Vamos a danzar, mi consciencia te clama, tú eres la inherencia que tortura mis entrañas.

Ahora calla, ponte este antifaz, vamos a sumergirnos en otro lugar. Por eso no quiero que te vean, mejor dicho, te puedan detallar. Estas bestias son muy hábiles y nunca van a fallar, son lo más perfecto del mal y asimismo te poseerán.

Ahora bien, nos sumergiremos en este lago, quédate a mi lado y nadaremos hasta lo abstracto. Alcanzamos a agarrar dos rubíes, un diamante y el zafiro que quedó postrado en tu cabello…

Qué hermosas piedras.

Contén la respiración hasta que puedas. O, aunque ya no puedas, seguirás nadando a las profundidades. En este mundo todo es válido y no existe la muerte, tampoco la suerte, solo locura, sin miedo a nada. Porque esto es la muerte, y el miedo no existe cuando existes en esta Capital.

La Luna pasa por todas sus fases, todavía estamos contemplando ese arte, aparte del arte de dibujarte.

De besarte.

Han pasado más de cien horas, creemos que solo ha sido una. En este mundo el tiempo se congela, aunque sea con azufre.

Escuchamos los cantos de los fénix y la lluvia que al parecer es infinita.

Desearía que se plasmara tu presencia en mis raíces.

Permíteme perderme en las líneas de tus manos, lo mejor que puedo hacer es aprehenderlas, mientras nos sentamos sobre la hierba, distrayéndote con el lago de los cisnes.

Permíteme realizarte una consagración, ver en ti lo que aún no has visto, mientras te lo explico en una piedra filosofal.

Mira la noche, aprecia su iluminación. Te invito a subir en una nube y así impresionarnos por la constelación. Existes tú, también yo. Amo esa palabra por definir este aquí y ahora.

Si se acabara el mundo, me gustaría vivir hasta el final contigo, ya sea tarde o temprano, pero hasta el final. Si el mundo no se ha de acabar y cierro los ojos, que estés presente *hasta no poder despertar*, ya sea de noche o de día, pero *hasta no verte más*.

***

Uno, dos, tres, cuatro...

¡Despierta! Es momento de abrir los ojos. El telón lo he cerrado y todo ha acabado.

Sabía que te ibas a espantar; no fue solo un sueño, es una realidad.

Tampoco fue una pesadilla, mucho menos un cuento, simplemente fui el súcubo de tu parálisis de sueño.

CAPÍTULO VII

1

Cerró los ojos un instante.
¡Demasiada claridad!

Hasta que los decidió abrir cuando sintió el fuego consumir cada uno de sus tejidos.

Era él, el Patrón de la Oscuridad, el Dios del Infierno, el Padre de los Demonios.

Amon.

Él sostuvo su mano, un saludo muy cortés para alguien tan vil, Madrigal no quiso indagar mucho por culpa de su impresión.

Estaba muy nerviosa.

Aun así, fijó la vista en los ojos de Amon, notando que eran literalmente turbulentos.

2

—Quiero que me concedas una petición, Gran Cerbero, desearía los ojos de uno de tus hijos, a cambio de la mitad de mi vida.

—¿Sabe usted lo que me pide, Madrigal? ¿Conoce usted qué tiempo le queda de vida?

Si llegara a morir el día de mañana, ¿qué pasaría?

—Correría el riesgo, mi vida no depende del tiempo sino del motivo, el motivo solo lo obtengo siendo sobrenatural.

—Pero usted lo es.

¿Sabía que, dándole los ojos de ese demonio, estará condenada a mí toda la vida? ¿Tampoco conocerá el Cielo? ¿Quedaría su alma flotando sobre la nada?

—No sabía, pero... correré el riesgo, vuelvo y repito. Siempre y cuando me quede la memoria y el sentimiento.

—Qué sabes tú de sentimiento? ¿Es eso lo que te ha traído a mí? –Frunció el ceño-.

—Sí, es eso y algo más, como lo que nunca había imaginado que existía en mí: el amor.

Lo miró con la seguridad más grande de su vida.

—El amor es lo que mueve el mundo, el inframundo y todo lo existente. –Disimuló una sonrisa- El infinito es infinito porque no encontraron algo más semejante al amor. No abundaré el tema, solo te diré que los nervios que olfateo en tu interior serán de platino, el sentimiento no cesará porque esta será la maldición que lleves contigo por el resto de tus vidas. Los pensamientos serán los que te removerán la conciencia hasta devorar tu mente.

—Trato hecho. *Como si ya no estuviera devorada.*

3

Sin duda alguna, la siguiente carta que le sigue a la historia es la que agrego a continuación.

Ahí la Quimera explica lo que sintió en el proceso de su transformación, sin dejar de hablar con ella misma, como siempre.

Espero que la disfruten y se adentren en ella tanto como yo.

Madrigal jugaba con metáforas para formar poesías que, si no le prestamos la suficiente atención, nos crearía más confusión.

Ya pasé por eso, tuve que leerlas muchas veces para entenderlas, estos acertijos dejan atónito a cualquiera.

Carta diecisiete

Reflejos Frente A Mi Espejo

Somos el trago predilecto en la sequía del desierto, somos el aire constante entre tus ojos y mis sentimientos. Si suministras tu sangre en la mía crearíamos un elemento, el quinto que daría vida al eclipse del universo.

En este nuevo ciclo de vida seleccioné las doce uvas más jugosas de mi copa, las doce llevaban un solo nombre, las maletas eran pares, pues ese nombre me iba a acompañar en mi viaje, aunque fuera hacia Necrópolis.

Aunque no tuviera regreso.

Mis sombras conversan con la nicotina que me absorbe, el monstruo debajo de mi cama ya no está, ha reencarnado en el ser que ahora me posee, que ahora es mi debilidad hasta convertirme en la esfinge que devora a todos los que quieran jugar el acertijo de su alma.

Tengo dentro todos los números romanos de tu pasado, llevo tatuada en las venas cada cicatriz de tu cuerpo, tengo un agujero en mi cerebro por cada tormento de tus recuerdos, capto todas tus reacciones por temor a que te terminen hiriendo.

Si me leyeras la mente por solo tres minutos, podrías comprender por qué actúo de esta forma. Si tuvieras supersticiones con mi interior, podrías darte cuenta de que no puedo controlarme.

Tal vez estuvieras aquí, tal vez te alejarías más, fueras eternamente feliz o te frustrarías sin pensar. Haz silencio en esos tres minutos, solo lee. No son faltas ortográficas las que ves, tampoco son palabras en otro idioma.

Trata de permanecer esos tres minutos en calma, el calor que te ocasiona podría asfixiarte. Tres minutos de tu tiempo y se convertirían en tres milenios. Tres minutos tan infinitos como el agujero de mi alma.

Si leyeras mi mente por tres minutos, no te aseguro que puedas volver a soñar con los ojos cerrados, todos ellos serían con los ojos abiertos. Tres minutos de tu vida y te quedarías sin aliento.

Tres minutos con tu encuentro donde conspiran tus miedos, te contaría historias mitológicas mientras la lluvia va cayendo. El café a la cama ve las sonrisas de tu alma, ciento ochenta segundos y ya puedes sentir mis yagas. Con el sudor del agua, dibujas mi espejismo en la ventana.

El lapso de tres minutos, el retrógrado de Mercurio. El laberinto de tus labios y su lunar en mi pensar, solo puedes leer tres puntos... Porque no hay palabras, símbolos, códigos ni fórmulas que expresen el instante en que te beso en mi mente, podrías permanecer leyendo mis pensares sin tener regreso. ¿Qué harías luego de los tres minutos? ¿Acaso pudieras entender? Si lo hicieras, ¿qué reacción tendrías?

Tres minutos... Pueden ser los peores o los mejores de tu vida.

Qué frío constante cuando amanece y no siento. Qué frío constante cuando mi carta llega al final y la lluvia no piensa parar. Qué frio constante cuando después de la tormenta, veo en las nubes formarse un arcoíris a blanco y negro.

Una gama de reflejos frente a mi espejo, me acarician el símbolo de su existencia y absorben mis sentidos y pensamientos, mientras me susurran al oído los secretos de su presencia; hasta olvidar mi nombre, hasta solo recordar el tuyo, hasta sentir la fragancia de mi oscuridad y el perfume de mi orgullo.

Consolándome sin decirme nada y dándome la fuerza para atacar.

***

Abro los ojos luego del misterioso proceso, me doy cuenta de que soy la misma alma en otro cuerpo.

Veo mi piel marcada con raros decretos, un símbolo bestial y un código perfecto, como lo soy ahora, es lo que siento.

Sin embargo, aún no te tengo, aunque lo intento.

Carta dieciocho

Dissolutum Est

Siento que se destroza mi garganta cada vez que exhalo, es que ya no es el oxígeno que me permite sobrevivir, es el humo de mi infierno que sale por mi interior.

Siento, siento sin más que decir la furia de mi egoísmo, el carácter inesperado que tiene lo más profundo de mi ser. También me siento traicionada, pues mis sentimientos una vez más me han engañado, estas inocentes sensaciones cuando me imagino contigo, es la que hacen que se me olvide la maldad de este mundo, la maldad que puede esconderse en mí y me da miedo ver.

Pero luego siento, que me he burlado de mi corazón, pues es solo un reflejo el que puedo ver, es solo un lapso de esperanza que forzo con conocer. Al final, cuando caigo, aunque no lo quiera, tropiezo demasiado fuerte hasta ya no conocerme. Siento, que he dado demasiado, pero luego pienso que lo mereces. Bueno, no quiero ser esa quimera, esa que te espere y por eso tenga que joderme.

Sí, siento que debo confesar esto, pues he llegado a la conclusión de que siento demasiado para dejarlo en mi cabeza. El amor es a base de recuerdos, emociones y sentimientos, sí, eso es correcto, por eso amo cada momento que pienso que estoy contigo.

Calla, unos 13 segundos más para que entiendas cómo me siento. El alcohol no me define, el cigarro ya está harto de consumirme y créeme que no me logra entender, aunque penetre mis raíces. Pues no es algo normal, no lo que yo siento, pues a veces no estoy en este mundo y otras veces me teletransporto al tuyo.

A veces me siento tan viva que sin darme cuenta me estoy muriendo lentamente, porque más fuerte será el dolor, más anestesia necesitará mi corazón.

Siento que viajo, me derribo y me destruyo a la vez, porque tú eres mi viaje y al mismo tiempo mi accidente. No merezco esto, cuánto lo siento. Quisiera decirte adiós, espero que algún día lo notes.

Esta aflicción aquí no termina, he llegado demasiado lejos para rendirme. Esto aún no se derriba, como un barco en medio del Mar Rojo.

Aunque las aguas ya no me ahogarán, aprendí a nadar en los engaños. Los vientos ya no me soplarán, aprendí a volar en la inseguridad. Los besos ya no me satisfarán, aprendí a besar todas las mentiras.

Ya no sé lo que siento.

Hasta que ya llegó el momento, y es que... lo lamentable es que siento, pues siento... Que ya no siento nada.

CAPÍTULO VIII

1

Pum, pum, pum... Doscientos treinta grados Fahrenheit... Sentía dentro de su cuerpo.
Los ojos les ardían como ráfagas de fuego directo a sus pupilas.
¡¿Qué es esto?!
Se preguntaba mientras buscaba un espejo. Solo veía un código en el cuello, unas redacciones en su costilla, creía que tenía que ver con algún decreto o un pacto de su demonio. Sentía la sangre como el fuego más intenso que el infierno ha podido experimentar, pero no estaba nerviosa, no conocía el temor.
Temor.

2

Estaba sobre su cama; no lo entendía, pues todo pareció un sueño. ¿Cómo había llegado ahí?
Eso no le preocupaba, estaba agotada, ardiendo, con una sed insaciable, hasta que encontró dónde mirar su reflejo. Sus ojos parecían de bestia, si miraba directamente a ellos por un minuto, viajaba hacia el abismo hasta que el abismo la podía mirar a ella. No era normal, la penumbra de su iris hacía contraste con el brillo de su córnea. No veía el entorno, ni las paredes, ni su habitación...
Veía el horizonte.

Fue entonces cuando la Señora Mars entró a la habitación y vio la sombra de su hija, al abrir la puerta completamente se dio cuenta que Madrigal estaba estática frente al espejo, como si estuviera en un laberinto, hipnotizada con sus ojos.

Se le acercó y la tocó en los hombros, y luego de unos segundos Madrigal dio la vuelta y la miró de frente, con los ojos aguados y la boca media abierta, sorprendida.

La Señora Mars sintió algo que no supo describir, lo único que le salió preguntarle fue: ¡¿Qué hiciste?!

Madrigal la abraza fuerte, la Señora Mars lo recibe y la deja descansar en sus brazos.

Lo que ellas no imaginaban es lo que va a acontecer. En el espejo solo había visto una mínima parte de su transformación, era muy temprano para ver el cambio, pero la sensación que había vivido la describió como "Cadáveres de Minutos".

Carta diecinueve

Cadáveres De Minutos

Los días se agotan, los minutos se disuelven, los segundos se esfuman y se dirigen a un abismo inexistente. ¿Podría quedarme con el tiempo que resta o no es suficiente?

No es suficiente para la amargura que me sobra, la soledad que me agobia. Enciendo un cigarrillo, no me doy cuenta de que he consumido una cajetilla hasta que la veo al lado de la taza de café y apenas son las seis de la mañana. No me impresiona la hora, sino que aún siento la necesidad de una cajetilla más.

Puedo ver la diferencia, muy bien, por cierto, veo cada detalle de mis defectos y oscuridad.

¿Podría la cuenta regresiva de mis días encontrar alguna luz?

Pues la del fuego de mi encendedor se ha ido y aun siento el mismo vacío.

La misma oscuridad.

Suspiro unos segundos, siento el ardor de mi interior salir por mis fosas nasales, abro los ojos al mismo tiempo que apago una colilla más... Decido leer un rato y voy a mi librero -*No aguantan más polvo*- No los he visto en días. ¿Cuál de ellos me interesaría más?

Pues elijo "Sueños de Dioses y Monstruos." Quizás encuentre alguna esperanza dependiendo del sueño con el cual me identifique; tal vez sea de Dioses. O de Monstruos.

Fabulas de horror, historias de amor.

Pienso que los sueños no son más que ilusionismos. La realidad es más aterradora, pero es la realidad. No odio la lluvia que ahora cae, tampoco la noche que absorbe la luz; odio la forma de mal interpretar mi vida, odio los rasgos que acompañan mi soledad.

Mi corazón duele por la libertad de amar, duele por la libertad de latir, duele por las pesadillas que lo abstiene. Lo peor de todo no es lo que odio, ni que soy así. No es eso… Es que a pesar de todo lo que odio, el amor en realidad existe.

Y yo no lo tengo.

Redacto cartas con faltas ortográficas, cuentos con un fin que inicia los mismos, canciones sin melodías y sumo números que no tienen cantidad. Hago muchas cosas extrañas, como reír por un mal chiste o dibujar criaturas mitológicas que actúan como somníferos. Traduzco el idioma quimérico al español y aun así no lo entiendes. No es que soy rara, es que me expreso diferente; y esos momentos, ese tiempo que le dedico a mi extraña persona lo llamo: "Cadáveres de Minutos".

No subrayo las palabras importantes ya que la importancia la da el lector, el escritor solo cumple su papel de frustrado donde expresa mediante una forma de comunicación, llamada "letras", los sentimientos que salen del alma. Si te pones a pensar un instante, utilizo palabras que conoces, aunque no entiendas lo que quiero decir; no sé si es mi culpa que eso suceda, simplemente me expreso de esa manera.

¿Amor? Yo sé lo que es amor. Es aquello que existe en lo más profundo de nosotros, aunque muchos lo demuestren y otros no, pero finalmente todos necesitan. Por el amor es que muchos odiamos, porque amamos o amábamos demasiado.

¿Y qué soy yo?

Soy una quimera masoquista que busca alguien por quién sufrir, quizás porque mi vida es sufrida. Pues dicen que nadie puede romper un corazón roto, nadie puede descocer algo descocido. Entonces nadie puede condenarme porque estoy condenada, nadie puede enfrentarme al dolor porque yo soy la discordia.

Soy normal, no tengo la menor duda, solo que en mi mente no caben tantas palabras y dudas, y si faltan para escribirlas, nada me pesa inventarlas.

Podrías mirarme profundamente a los ojos, te dirían lo mismo que si soplaras una vela, pues mi iris puede arder hasta el momento que lo soplas y se impregnan en tu alma.

Alzo la vista, me encuentro con una página en blanco que me incita a llenarla de párrafos... párrafos con líneas vacías al no tener la fuerza para interpretar las palabras más llenas de mi alma.

Podría darle la vuelta al mundo escribiendo y aun así me faltaría más tiempo para terminar, pues dicen que cada loco con su tema, pero esta loca tiene tantas cosas que expresar, que el tema se convertiría en una crónica sin final.

Ahora bien, todo tiene final, es cierto, también es cierto que nada es perfecto, entonces, la nicotina que mi cuerpo expulsa no es la suficiente para sentir el alivio que necesito, *entonces fumo otra vez*. Pues dando y dando, pajarito volando, ¿no?

Él me da placer, comprensión; yo le doy una parte de mi vida, como si no fuese mortal.

Y le perteneces a la Luna, tu cómplice eremita.

Qué sabe nadie lo que soy, lo que me gusta, lo que odio...

Los mayores esfuerzos son los que te dan mayores resultados, o, a veces, las mayores decepciones, *entonces fumo*, porque es el resultado de mis mayores derrotas gracias a mis mayores sacrificios, sacrificios que no llegan a ningún acuerdo, quizás porque no di todo de mí o he dado demasiado, por eso escribo.

Como si la página en blanco me llegara a incitar a hacerlo, es que no hay nada más que hacer cuando no tienes nada que decir y el fuego apaga el último instante en que puedes sentir el terminal de tu agonía.

Me he hecho experta tanto en descifrar miradas como en tirar colillas y verlas trazarse en el horizonte de mis raíces, solo dejando el humo intacto en mi memoria, mientras ellas se van, tan ligeramente que no me doy cuenta de que ya he acabado un cigarrillo.

También me he dado cuenta, en el mar abierto, cómo ellas se desplazan a sus mayores profundidades, haciéndolas parte del océano, parte de sus aguas, parte de su misterio. Él me entiende, creo que lo hace, mientras más lejos se van, más leen mi consciencia.

Solo veo el agua moverse al ritmo del viento, la colilla se ha consumido, ya no existe a mi vista, *observo la oscuridad del mar, él también la ve en mí, ahora somos dos vacíos repletos y a la vez escasos de agua.*
En cambio, las colillas se ahogan, yo reencarno.

Muchos conspiran a mi favor, otros en mi contra, he llegado al punto de la locura donde ella me dice que quienes están a mi favor en realidad están en mi contra. No es causa del narcisismo, tampoco del temperamento, es la convulsión del humo que penetra mis entrañas.

Muchos, también, piensan en la seducción de mis ojos al ver expulsar un grado de humo al aire, parece ser que guiño un ojo y saboreo mis labios mientras muerdo una parte de ellos. No lo es, es solo el placer de sentirme satisfecha y a la vez destruida.
Destruida por mis adicciones y satisfecha por cumplirlas.

Todo ángel necesita un demonio que le invite un café, no soy ese tipo de ellos que lo hace, no invito un café, invito la entrada al infierno, ahí es cuando luego el aroma nace.

Entonces visualizo mi reflejo ante la ventana de mi habitación, veo lo que todos ven de mí, pero no lo que llevo dentro. Ahí me doy cuenta de que no me daré a entender con mi rostro, hasta que conozcan mi cerebro, pero… ¿Es mi cerebro o mi corazón el que escribe?
No lo sé.

El corazón es un órgano que expulsa seis litros de sangre por minuto, y el cerebro es la maquinaria del cuerpo que nos hace actuar y atraer enfermedades.
¿Es esto una enfermedad del cerebro o una expulsión de sangre?
Tampoco lo sé.
Solo sé que esto es todo lo que soy.

Carta veinte

La Reencarnación

No sé por qué siento que eres mi único consuelo cuando puedo expresarme hablando... pero no quiero. Cosas pasan, situaciones suceden, circunstancias transcurren y torturas me abstienen.

Estoy en una etapa que no me importa lo que pase en el mundo porque ya me siento derrumbada, pues esta etapa ya pasó a una etapa donde no soy nada. Ni el Diablo ni el mundo me va a matar, yo me mataré primero.

Pienso que soy suficiente como para cambiar mi persona y así cambiar el panorama, pero ¿qué pasa?

Pues no tengo fuerzas para aceptar la realidad que tengo miedo de esperar, quizás no sea así, tal vez todo sea diferente. Al final me doy cuenta de que estoy loca y no sé cómo contenerme.

En mi cabeza hay muchas vueltas y cada una de ellas me dice que la he perdido. Puede que esté loca, pero sí estoy segura de que algo he aprendido. He aprendido a ser menos confiada y más pragmática, he aprendido a dar solo lo que me conviene. Mi mente puede que sea mi peor enemiga, mis yoes me incitan a ser peor todavía, aunque mi alma me limpia y al final, quiere lo mejor para mi vida.

Sujetos que no enlazan con oraciones, es como la ilusión que tengo con mis emociones, emociones ocultas que al final no irán a ningún lado, porque tuve miedo de enfrentarlo y hoy en día me duele superarlo.

Los minutos se contraen cuando que pienso en mi persona, no avanza el momento, pone en pausa todos mis sentimientos... Quisiera saber a donde he de parar, y más aún, a qué situaciones he de enfrentar.

Esta noche he tomado una decisión, estoy acostumbrada a usar esta palabra, lo sé, pero finalmente me arriesgo a perder lo que siempre he temido, ya no importa el destino, puede irse a la mierda. Si quiere que me siga el viento y yo decido cuándo se detenga.

Esta noche, 1:30 de la madrugada, una vez más no puedo dormir, acudo a ti, solo tú puedes comprenderme. Acudo para decirte que me atrevo a despertar los demonios que una vez traté de dormir, aún siguen aquí, esperando por mí, esos que me hacen ser la quimera más deseada y temida por mi persona.

Sí, acudo a ti, para hacerte esta última confesión: ayer me encargaba de luchar, hoy me encargo de ser otro yo: La Reencarnación.

CAPÍTULO IX

1

Tres de la madrugada, hora como la que nació, pero esta vez no era un simple híbrido, sino algo más. Un cuerpo humano con ojos de bestia y visión sobrenatural. Podía ver la luz de los astrolitos. *Detallar el misterio del cosmos.*

La lluvia no era simplemente lluvia, podía ver cómo caía desde los cielos, gota por gota. Sentía cómo era la reacción al caer en sus manos, directamente en el iris de su nazar tatuado. Veía cómo el agua deseaba penetrarse en su piel. Se derramaba lentamente sobre sus tatuajes.

Sobre la cicatriz de sus alas. Ya no les dolía. *No más.*

Por un minuto se sintió feliz, pues todo lo que podía ver ahora, era capaz de dibujarlo, aunque muchos no le creerían, no veían las cosas desde el punto de vista de Madrigal.

No todos tenían ojos de un demonio. A menos de que fuesen uno.

La misma noche en que estaba contemplando el eclipse lunar de Nitid, tuvo visiones de las pesadillas de sus compañeros en Occultrox, lo cual le hizo darse cuenta de que estaban durmiendo. Pues veía desde la realidad de un ser vivo hasta su inconsciente.

Hasta sus sueños.

Aprovechó este momento para emprender su viaje, mejor dicho, su vuelo. Había adquirido alas de fénix, con plumas tan ardientes como el fuego que las impulsaba a volar, dándole la fuerza y ardor de su espíritu mientras viajaba a otro mundo, sin importar la fecha de regreso que tuviera.

Si tuviera.

En un viaje paranormal era lo que Madrigal estaba, en busca de su destino sin temor a su pasado. Los ojos eran la brújula que la guiaba cada instante, marcándole los puntos cardinales: Norte, hacia el Infierno. Sur, hacia la Tierra. Este, hacia el Cielo. Oeste, hacia su pasado.

Pensando en voz alta dijo:

"No me importa cuánto tiempo me quede de vida, siempre y cuando pueda conocer el motivo por el cual solo tengo la mitad de ella. Mi visión es sin fronteras, mi corazón está vivo, tú eres lo único que me importa, aunque por ti muera.

La nota musical de mis oídos es tu nombre que nunca supe, pero estos ojos me guiarán a donde estes. La brújula no me va a fallar, tampoco el astrolabio que me guía en la oscuridad.

Es la vista más perfecta para buscar lo desconocido."

2

Navegando sobre mares, sumergiéndose a sus profundidades, no se sentía frío, tampoco calor, era una especie de azufre con chispas de roca humeando el fuego que generaban mientras más hundidas estaban y más cerca de la zona abisal se encontraban.

Sí, se había dirigido al Sur.

Pasaron relativamente meses, lo que para ella fueron horas, y había llegado, allí estaba, jugando con las especies de ese extraño y nuevo mundo para ella, leyendo una lengua diferente pero que aun así entendía.

Tanto sabía Madrigal de culturas, idiomas y manuscritos prehistóricos sobre la Tierra, que guardaba los pentagramas esotéricos que realizaba, interpretando la filosofía de los humanos sobre su Universo, ella en realidad sabía que existían. Entendía todos los idiomas de principio a fin, interpretando cada palabra que veía.

Existían quimeras, ángeles. Existían otros mundos, también cientos de lunas.

Pero los humanos solo creían que existía el amor, lo que Madrigal había conocido de ese mundo, sin saber aun el motivo, aunque con suficientes para descubrir la razón.

En el transcurso de finalizar una de sus cartas, Madrigal se detuvo. Sus ojos vieron algo diferente.

Otro lugar.

Se había dado cuenta de que había llegado a otro mundo.

No sabía dónde estaba.

Algo en su interior le indicó que había llegado a su destino, cuando se sintió lista para alzar la vista, con un suave pestañeo miró al frente, como si sus ojos se estuvieran preparando para penetrarse en el misterio, y fue abriéndolos lentamente, observando directamente aquella información que su intuición le había susurrado.

Sí, era su destino. *Su amor.*

El mundo no conspiró a su favor, fue el inframundo.

Pero lo había logrado.

Carta veintiuno

13

Una luna... acompaña a dos cigarrillos locos por encenderse, como todo triangulo, pertenecemos a tres puntos diferentes. Polos opuestos se comparan, con cuatro actos de placer, el sexo nos consume y mis cinco demonios hablan tu idioma.

Pausa, pausa de seis minutos, pienso en las siete maravillas, pero hace falta la octava, ¿cómo pueden dejar este infierno tan hermoso fuera del mundo? ¿cómo pueden? Si cada vez que el fuego me consume siento que los nueve días son mi única salvación; no lo es, pues ya son diez maldiciones a las que estoy condenada. Once besos en tu cuerpo cubriendo tus cicatrices marcadas.

Es hora del segundo acto, son las 12 de la madrugada. Cántame las palabras que me hacen enloquecer, mientras vuelve otro orgasmo, una, y otra vez. Enciendo otro cigarrillo, la victima de esta oscuridad, la lluvia celebra este acto como si fuese algo normal.

La temperatura sube y baja en mi interior... trece demonios absorben mi salvación.

Ahora son trece, trece motivos para estar contigo, trece cruces que incrustan tus latidos. Trece pecados capitales, sin darnos cuenta. Cinco más ocho mordidas que te ayudan a explotar, son trece formas de desatar tu debilidad. Así como el volcán más ardiente que solo el magma de mi lengua puede provocar.

Sin darnos cuenta, también, nos complementa el número de nuestra vida. Trece orgasmos ya casi se avecinan. Caen rayos que conectan nuestra piel, nos mantienen en el treceavo acto de locura. Sin darnos cuenta, finalmente, trece veces nos consumimos.

Absorbo tu miedo, te veo venir, qué rico aroma de tu interior en mi boca, qué sensación de poseerte desde el cabello hasta la sombra.

Son las seis de la mañana y aún no he acabado de alagar el trece que nos bendice y a la vez nos condena, a mis trece hábitos más deseados, mis demonios.

Sin darnos cuenta, tú eres mi número favorito, no lo veo como un delito. Uno y tres, ocho más cinco: trece.

Son las veces que yo, delirio de mi vida, hago el intento y te conquisto.

Carta veintidós
Retrato Tus Esencias

Mi lengua te provoca orgasmos, mis manos te llevan a la locura, sintiéndote en Andrómeda, mientras te arrastro a mi lujuria dejando que el pecado nos consuma.

Retrato tus esencias, las que nunca has alcanzado a ver, detallo la maravilla de tus lunares como nunca los has podido notar.

Veo en ti más allá de lo que has podido imaginar, por eso sé cómo con mi boca entrarte al abismo y regresar.

Los escritores somos depravados, psicópatas e inadaptados, pero, así como escribimos, asimismo amamos; también creamos miedo, miedo a la falta de estas palabras, por eso somos la obsesión de muchas almas.

No prometo quedarme contigo, pero te aseguro que puedo redactar en tu espalda cada oración de mi pensamiento, cada frase de mi sentimiento y cada deseo de mi cuerpo. Luego sientes fuego, algo muy violento, que te hace percibir la locura, entonces pienso…

Capta,
Como un tigre vigila su presa antes de atacar, mis más senderos deseos.

Tómame despacio,
Como si fuera la miel que te derramo en los labios, así de lento.

Fuma mis sentidos,
Como absorbo cada uno de tus pensamientos.

Hazme tuya,
Mientras hago mía todos los tejidos de tu cuerpo.

Mírame en silencio,
No hace falta una palabra cuando tus ojos me dicen miles de cosas.

Préstame tu boca,
Quiero jugar con ella como si nunca hubiese tenido infancia.

Suspira el aire que exhalo,
Hasta sentir tu alma gemir.

Hazme temblar de placer,
Así como te hago temblar de miedo.
Tatúame tus caricias,
Con una tinta que solo tú y yo sabemos que existe.
Calienta mi corazón con tus manos,
Porque *el frío que tiene solo tú lo sabes desvanecer.*

Tú eres un templo, una víctima de mi sombra, cierro los ojos y mi voz te nombra. Mis manos tienen mucha arte, no solo para escribir; también para amarte, incluso transportarte, es más, excitarte.

Llevarte a mi laberinto y no quieras escaparte.

CAPÍTULO X

1

Su alma pasó por una etapa de fotosíntesis, donde se transformó aún más. Despertó el sentimiento que estaba durmiendo, pero no en un sentimiento sino en una destrucción.

Pues mató su ego, con tanta magnitud que su cabeza era un espacio en blanco, solo viviendo ese presente, *aquí y ahora*. Y luego todo tenía sentido.

Pensó: "La Ley de la Gravedad existe, me di cuenta, estoy volando con los pies en la Tierra. Estoy en el cielo, aunque nunca voy a ir, contigo siento un infierno, aunque sea un ángel, porque eres mi motivo de vida, aunque seas la causa de mi muerte."

Pero qué ilusa era Madrigal, en primer lugar, ella no debía ir al Cielo, ya estaba ahí, el infierno que decía sentir era la sensación de una conexión que no sabía cómo explicarla, pero sabía que se había topado con un ángel que estaba en cuerpo de un humano, porque lo podía ver, veía su aura, su luz, fue algo tan fuerte que no cabía en su cabeza.

Es que no tenía lógica, totalmente irracional. Quizás la metafísica pueda explicarlo, pero ella no.

¿Quién diablos era?

¿Qué pasó luego?

Veamos la próxima carta.

Carta veintitres

Es Épico

Es épico cómo tu cerebro yo consumo, de tus huesos yo me uno mientras veo tu retrato en el humo.

Es épico saber que te puedes esconder, pero no puedes entender que soy la única que te haría enloquecer.

Conquistar tus instintos y tu lado infernal. ¿No ves que es épico el tiempo en que no estás? Soy inconforme, lo admito, pero me conformaría con saber que en tu mente siempre existo.

Es épico el instante en que te vas, pero sé que al final, volverás a regresar.

Soy una quimera impaciente y a la vez impulsiva, también soy inadaptada, esa es mi vida. Pero mi impaciencia te llama todos los días hasta que al fin y al cabo regreso aunque entregue mi vida.

Es épico saber cómo de tu alma me hago dueña al instante que te beso y acaricio tu lunar mientras sueñas.

Épico sería viajar al universo sin mis alas, épico como el aire que me soplas mientras cayas.

Un sol, dos lunas, tres días y yo como alma vagabunda, andando por las calles infinitas de ultratumba y tú como la luz inalcanzable que me alumbra.

Épico, épico el minuto convertido en mil segundos, épico como el fuego dentro del mar profundo. Tú, agobiante pensamiento, cuento con los dedos esperando este momento.

Ojos de miel, piel de seda, cálida voz y suaves labios. ¿Qué puede ser más épico que estar a tu lado?

Épico es, una leyenda envejecida que mi pasado avecina. Las hojas de tu cuerpo tienen las letras que he escrito con mi tinta.

El píxel de tus ojos es el tribal de mi creencia. Tu risa y tu voz la causa de mi existencia. La perdición más perfecta es el frío que me ocasionas al verte entrar en el portal del infierno en mi alcoba.

Palabras sobran, quizás no existen, pero estas inexistentes hacen que tu piel se erice.

Toma de mi respiro, apóyate en mis latidos, siente el calor de mis venas, aunque esto sea prohibido. Porque no existe nada, no existe una, una norma que gobierne mi locura. Tú eres mi mitología, eres mi cultura, mientras yo el cancerbero que te persigue en las penumbras.

Bestia, bestia, es en lo que me convierto, al probar el néctar de tus labios, son perfectos.

Ángel, ángel, es lo que sería, si mis demonios te persiguen, de ellos yo te alejaría.

Una vez dije: "Su belleza debe ser tan hermosa como un demonio contemplando una rosa." Me di cuenta de que real puede ser, su belleza es tan inimaginable como la de Lucifer.

Pues es elemental, contemplar la calidez de tu piel con el roce de tus manos en mi tatuaje de Mercurio.

Elemental, diseñar con mis dedos de pianista un reflejo de mis sentimientos en la palma de tu mano, ver como sonríes con las cosquillas que te causa. Ver como suspiras porque te falta parte de mi respiración.

Elemental, sentir el latido de tu corazón al acercarme a tu lunar, ver como se te eriza la piel con el simple hecho de enterrar mis pulgares en tu cabello, es que te idolatro tanto que podría pasarme la noche contando cada hebra de este mientras te veo dormir.

¿Elemental? Sentirte respirar mientras interpretas cada una de mis frustrantes palabras.

¿Para qué jugar a los dados? 1+1 Son dos siempre y cuando yo no exista.

Elemental, el trastorno de mi mente, la agonía de mis labios, la soledad de mis ojos...

¿Elemental?

Yo. La quimera que te persigue en tus sueños más bellos y a la vez más abrumadores.

85

CAPÍTULO XI

1

Miró fijamente sus ojos, conociendo su interior. En vez de ver su alma mediante códigos y un pentagrama, se fijó en algo más. Pues imaginaba el flujo de su sangre condensarse con la suya, el tejido de sus venas era tan perfecto como las ramas de los árboles en el bosque de Eretz. Era sus puntos cardinales, su constelación, su bendición hecha en vida, su bendición hecha en sueño.

Fue una conexión con más de trecientos millones de amperios por segundo. Sentía más ardor que cuando conoció al Diablo, los nervios de platino empezaron a correr en ella como si fuera la primera vez. Era algo tan bello que le resultaba imposible creer que era real, tan maravilloso por dentro, más que por fuera. El lugar que siempre buscó, pero convertido en una persona.

¿Qué sabía Amon del amor?

¿Qué es más hermoso que la esencia de aquel espíritu?

Sentía granizos como algunos siglos atrás corriendo en la corriente de Styx, como la sangre por sus venas. Los segundos se esfumaban como si fueran parte de sus cigarrillos, *cadáveres de minutos*. Los enterraba uno a uno en el hueco de su corazón.

Finalmente.

2

Seis de la mañana, el agua está fría como la nieve que acontece. Ve el agua roja otra vez, al parecer habrá sangre. Al mismo tiempo que le cuesta respirar, pues siente el aire negro. *Otra vez.*

¿Será el exceso de nicotina? ¿O la falta?

Tal vez fue una sobredosis de emociones al *verse* después de tanto tiempo.

Pues siento las palabras de Madrigal tan mías como suyas, me identifico con la siguiente carta ya que fue exactamente lo que sentí cuando soñé con un ángel a quien miraba fijamente, sus ojos eran tan brillosos que parecían una luz protegida a través de un cristal difuminado. Fue hace un tiempo, pero ha sido el sueño más lúcido de mi vida. Ahora que recuerdo, fue un momento tan sideral que, por un instante, a través de aquellos ojos, vi un espejo, veía mi reflejo, sentía las vibraciones de su luz como si estuvieran en sincronía con mi cuerpo, pero no veía mi cuerpo, solo sabía que debía estar ahí, aunque ni siquiera sabía dónde estaba, pero puedo asegurar que me encontraba en algún lugar, pues me sentía viva, más viva que nunca. Me preguntaba: ¿Quién soy? Pues por un momento se me había ido la identidad, *se me había ido el ego.*

Me encanta viajar en estas cartas, me ayudan a recordar muchas cosas de mí, por eso siento que, de alguna manera u otra, Madrigal y yo estamos conectadas. Quizás ese haya sido el propósito se haber encontrado sus manuscritos, ayudarme a conocerme más y saber que existen cosas que pueden parecer imposibles, tal vez solo vinieron a mí para leerlas y guardarlas en un cajón, tirarlas o regalárselas a alguien más. Pero en el fondo algo me dice que la quimera quería que yo la conociera, nada es casualidad, si ella podía volar y era tan buena en la magia, entiendo que de alguna manera ella había tenido algún poder sobre este "accidente", Madrigal quería que conociera su historia y la interpretara, ella sabía que lo iba a hacer.

Estoy segura.

Aunque obviamente la hago a mi manera, al final solo ella sabe exactamente cómo sucedieron las cosas.

Carta veinticuatro

El Iris Del Universo

Cuando tengas libertad de amar a alguien de la forma en como dicta tu alma, aprenderás a vivir. Hasta entonces, solo serás una persona más en el mundo tratando de ahogar las penas en algunos placeres vacíos.

Cuando en realidad sepas lo que es sentir adrenalina en tu tórax y querer arriesgarte a todo por ese alguien, aprenderás a soñar, porque ese día habrás perdido tus miedos. Hasta entonces, vivirás atemorizado.

Cuando puedas ver el corazón de alguien con tus manos, visualices su horizonte con tus ojos, idealices sus deseos, te darás cuenta de que los tuyos no eran ni la mitad de importante en tu mundo, porque ya no es solo el tuyo, también es de ese alguien, porque ya es un universo, porque estás viviendo en dos planetas diferentes, el tuyo y el de ese alguien.

Cuando te des cuenta de que no perteneces solo a tu mundo, habrás entendido que no solo existe tu idioma, tu cultura, tus creencias... sino que existe algo más, algo que te hará comprender que estamos rodeados de más planetas, aprendes a ver su mundo, su misterio...
Puedes ver el universo.

Cuando te hayas dado cuenta de que puedes ver el universo, estarás mirando sus ojos, te darás cuenta de que tienen tanta magia que no creerás en el truco.
Ese alguien… te habrás dado cuenta de que ya es tu mundo. Te darás cuenta de que la diferencia del cielo y ese alguien es que cuando ríe, se te olvidará la atmosfera y su luz.
Autores, delirantes y soñadores dicen que mirar los ojos de alguien más es como mirar el universo, pues se siembra en ellos el mismo misterio que nadie ha podido descifrar. Ahora bien, en mi

opinión, el universo se refleja en nuestra mirada, no solo porque los ojos sean un misterio, sino porque tenemos dentro la imaginación que nos hace creer en el mismo creando así la curiosidad.

¿Contigo?

Pues no es tan sencillo como decir que veo el cielo, pues el cielo es una parte del espacio que desearía conocer, pero tus ojos… pues nunca había disfrutado tanto la miel hasta que la vi en tus ojos. Porque es algo más, es algo que desearía mirar por el resto de mi vida, es algo más que mirar el universo. Es sentir que estoy sola en él, como si ya lo he conocido, como si pudiera tocar el cielo, como si pudiera nadar en el infierno y a la vez mirarte.

Porque no existe nada que se pueda comparar con el iris de tu mirada, ni la sequía de Marte ni el retrógrado de Mercurio. Es que es algo más, es volver a renacer sin darme cuenta, mejor aún, es el remedio para convertir mi obsesión en la debilidad más grande de mi vida, en mi universo.

Finalmente me doy cuenta de que el universo no existe más que en tus ojos.

Solo pasa un instante, y he consumido tu universo.

Y te perdiste en mis ojos…

CAPÍTULO XII

1

Pasó un instante, pareció haber sido cientos de años. Miles de hojas redactadas, pero fue solo un instante. Una distancia entre blanco y negro.

Al darse cuenta dónde había llegado, qué había visto, ya no solo era Madrigal, había algo más.

Despertó, entendió lo que sucedía en el instante en que finalmente conoció la otra realidad, *el amor de su vida*.

***

Tuvo una regresión, necesitaba volver a su mundo para asimilar lo que había vivido, no lo podía creer, le parecía imposible, todo este tiempo había dedicado su vida a escribirle a algo que no conocía y aun así sentía que era parte de ella. Pero fue muy chocante para Madrigal ver la realidad frente a sus ojos y darse cuenta del porqué de todo.

Y necesitaba confrontarlo.

La quimera volvió a casa, atónita. No sabía identificar exactamente lo que sucedió en ese momento, pero algo en ella había cambiado. Deduzco esto por la siguiente carta que leí.

Carta veinticinco
Comienza La Función

Pongamos las cartas sobre la mesa, quiero enseñarte la magia que se esconde en mí, sin trucos, pues odio aparentar cosas que no soy.

Me identifico con la rabia de un cancerbero, la frustración de un metálico y la amargura de una mujer que canta gracias a su dolor. Leo libros de ocultismo, películas de misterio, casos de horror y eso complementa mi lado oscuro. Me encanta descubrir misterios como los ojos de un búho y el lado salvaje de una pantera. Interpreto el lenguaje humano como si fuera alguna fórmula matemática.

Odio llamar la atención, pero no puedo evitarlo, es como si mi mirada le gritara a los demás lo extraña que soy. Prefiero leer una locura de Stephen King que socializar. Amo la delicadeza del príncipe negro como la sensualidad de sus espinas. Por favor, no voy a actuar con orgullo, no es mi estilo, solo quiero que permanezcas unos 13 minutos más para que te des cuenta de que:

Soy causante de mis cambios de emociones, víctima de mis traiciones insignificantes, me he quitado la venda de los ojos y me la he puesto de adorno en el cabello, para ser menos ciega y más guapa de lo que fui anoche.

Mis intenciones contigo van en función cóncava, donde nuestros puntos cada día decrecen. Quizás nunca hiciste mal, quizás siempre fui yo la que actué con locura, pues fui diferente en la manera que te quise, y ni siquiera lo sabías.

Aunque elijas pretextos para olvidarme, mañana te recordaré los momentos que te hicieron ver la vida de otra manera. Puedes seleccionar mis puntos débiles como forma de vengarte, pero mi debilidad ya no me basta, solo quiero olvidarme.

Reiniciaré mi vida, quizás dándole fin a un cigarrillo o abriendo una botella de whiskey... O tal vez lo haga sin nada de eso, pero de lo que estoy segura es que quiero acordarme de todo por lo cual quiero recomenzar.

Reaccionar, es una palabra muy sencilla y cruda a la vez, es como despertar de un sueño que parece eterno, desvanecer los efectos del alcohol con solo abrir los ojos.

Reaccionar, de la manera en cómo decido convertirme en lo que nadie espera de mí, excepto yo, de una forma donde los recuerdos solo me digan lo que fui ayer.

¿Sabes? Me gustaría, así como escribo, poder actuar, sé que sería la mejor forma de vivir, pero como lo dije, solo son escrituras, pues no me basta pensar en lo que escribo, me gustaría convertirlo en realidad.

Un nuevo comienzo, pero ¿para qué? Si tuviera la elección de ser una mala persona, créeme que no lo elegiría. Si tuviera elección de ser débil, tampoco lo elegiría. Solo quiero tener la oportunidad de elegir ser feliz.

Quisiera permanecer en los brazos de una persona y no mirar hacia adelante, quisiera refugiarme en las caricias de alguien más y no preocuparme por nada. Pero no pertenezco a nadie, nadie me pertenece. Solo quiero evolucionar y no esperar nada de nadie, aunque dediqué mi vida a encontrarte.

A la luz de la Luna sin nada más que decir, entiendo lo que debo hacer.

A la luz de la Luna, sin más que escribir, decido tomar las riendas sueltas y sostenerlas para siempre.

Ya tengo en mis manos la última decisión, el miedo se ha desintegrado, la furia ha aumentado y esta vez, ya no creo en fabulas.

Todo ha llegado a un solo resultado, mi último suspiro acaba de desvanecer...

Ya no me reconozco, he vuelto a renacer.

CAPÍTULO XIII

1

Es como si estuviera viviendo un karma que debe vencer, siento que esta misión aún no concluye, Amon no se había ido de su vida, la perseguía en los sueños y le incitaba a continuar, quizás quería que muriera nuevamente.

Así que tuvo una idea.

¡Decidió acudir al Diablo para hacerle una última propuesta, a cambio de algo que siempre ha querido de ella, al fin y al cabo, no tenía nada que perder.

¿Qué más da entregarle su alma para lograr su objetivo?

***

Llegaron al acuerdo que estaría con *aquello* si le entregaba su alma. Su deber era conocer la muerte mientras volvía a nacer. Así él podía tener su alma de garantía mientras vagara a aquel ser una vez más. Aunque no sabía cómo iba a hacer eso, pues siendo posesión del Diablo no dudo que todo fracase, que le haya mentido y la convierta en uno más de sus demonios.

Al menos era alma libre.

Hasta ahora.

No obstante, no lo pensó dos veces.

Aceptó.

Y esta vez sí, vio la muerte.

Carta veintiséis
C'Est La Mort

"Pienso que la vida es injusta, a veces pienso. Si existen tantas leyes, ¿por qué no se aplican para aquellos que la merecen? Pues existe algo más fuerte que un gobierno, más grande que un partido, más inmenso que una nación... La muerte. ¿Acaso no existe un decreto el cual nos permita vivir felices?"

Existe algo, algo más fuerte que un gobierno, más grande que un partido... Correcto, ya esto lo había escrito antes, pero ahora con más fe lo digo.

Fe... Es una palabra que trae muchos recuerdos, desde una grave enfermedad hasta la muerte, es lo que nos hace falta cuando solo pensamos en llorar. Pero... ¿Qué pasa si lloramos con fe? Pues la palabra simplemente no está haciendo su efecto, no aplica su sentido. Existe algo, algo más fuerte que un reino...

La muerte.

Muchos dicen que la muerte nos lleva a otro lugar... ¿Acaso es la muerte un boleto aéreo, marítimo o terrestre? ¿Qué saben aquellos que la han conocido? ¿Nos pueden explicar? Muchos dicen que conocerán el infierno o el cielo. ¿Es la muerte el cordón que conecta las entradas de estos portales?

Sabemos lo que es porque nos explicaron cuando éramos niños la palabra con gestos incoherentes, nos decían que nuestros seres queridos se convertirían en ángeles y nos acompañarían.

Por favor...

¿Dónde están aquellos humanos con alas? Luego, cuando adultos, entendimos mejor. Mejor dicho, entendimos lo que significa.

"El fin." ¿O el inicio?

Dicen que la muerte es aterradora, pero si deseas vivir, al final debes de probarla, no todos tenemos la suerte de esquivarla; pocos como Jesucristo y Krishna.

¿En serio han sido pocos o eso es lo que creemos?

Por eso tuvieron sus discípulos, seguidores, porque querían, como ellos, resucitar.

Existen cientos de religiones, son cientos debido a que cada una explica la muerte de manera diferente, como, por ejemplo: los espíritus que nos dan señales, los nueve días de su encuentro con Dios. Al final siempre es el colapso de la vida, pero no el mismo suceso después de que morimos, según las Biblias de las diversas religiones. Por eso hay tantas creencias, mitologías, sectas, ciencias, historias... donde redactan la muerte con muchos casos, pero nadie sabe al final lo que ocurre.

El temor más grande es lo que aún no conocemos, quien conoce la muerte no ha podido explicar con exactitud lo que es. Pues puede ser un castigo, a la vez que una enfermedad, queremos escapar tanto de ella que algunos creen en la resurrección, la reencarnación, o simplemente que es un paso para ser sobrenatural.

Calma, es lo único que se pide al ver a la "Dama de Negro" entrar en el alma de alguien que amamos.

Fe, es a lo único que nos resignamos al saber que no volveremos a ver a esa persona, a ese ser vivo. Buscamos la muerte, otros no la deseamos, muchos se condenan a vivir muertos, muchos... La ocasionan.

¿Cuál es el significado de la vida si pronto se la llevará la muerte? ¿Cuál es el propósito de adquirir riquezas si al final nada te llevas? Solo te pertenece en el momento, y a veces, no logras saber lo que te pertenece; no conoces la felicidad por querer tenerlo todo, por desear gobernar al mundo, no sabiendo que quien lo gobierna es ella, la muerte.

No lo haces porque la muerte te mira a la cara, te sonríe y te roba la vida, dejándote en la nada, olvidando tus sacrificios, tus esfuerzos, obviando tu fe, porque a ella no le interesa nada, solo tú.

Tu vida.

No, no predico la muerte, no, no predico el futuro. Escribí un texto sobre la muerte hace unos días y el día de hoy, alguien la ha vivido, ha vivido la muerte. Quisiera que me digas, alma desvanecida, ¿qué se siente la muerte? ¿existe un decreto para vivir feliz o no tiene ley esa "Dama de Negro"?

Existe algo más fuerte que un gobierno, más grande que un partido... La muerte.

¿Es la muerte, querida causa de mis plegarias, un pasaje que nos lleva a otro espacio? O, ¿es solo una excusa para hacernos sufrir sin su presencia?

Me río al pensar que muchos oramos hasta quedar dormidos, lloramos hasta olvidar todo, sufrimos mientras pedimos, suplicamos... Todo por la muerte, y ella se burla de nosotros al ver que de nada sirvió, como quiera ganó, solo nos queda la pena y unas yagas en el corazón.

Morir no es cerrar los ojos, es el retrógrado de la vida, ahora bien, muchos mueren físicamente, otros mueren sentimentalmente; no significa que han cerrado los ojos, simplemente que ha dejado de vivir esa parte, esa emoción. *Ese sentimiento.*

Pienso un instante… ¿Qué significan las lágrimas cuando solo te puedes expresar con ellas, ya que no te salen palabras? ¿es el líquido que adjunta todas las penas y amarguras? O, ¿es solo una sustancia del cuerpo que desea darse a notar?

No sufrimos al ver un ser querido morir hasta que nos damos cuenta de que ya no existe en el mundo, solo en nuestro recuerdo. *Nuestros sentimientos.*

Porque no nos cabe en la cabeza que esa persona ya no está, tenemos que hacer de cuenta que nunca estuvo para poder resignarnos. Pero… ¿Y si no podemos aceptar la pérdida? Nos volvemos locos, así como el que no acepta la realidad, así como quien vive en una mentira.

Fantasía.

Todo tiene fecha de vencimiento, eso lo sabemos, pero he llegado a la conclusión de que tenemos claro este caso porque nosotros también la tenemos, tenemos fecha de fallecimiento. Pero no obstante a eso, me pregunto, siempre lo he hecho y aun así no encuentro la respuesta: ¿Para qué vivimos si vamos a morir?

Algunos han experimentado la muerte, aunque hayan estado vivos, otros, han matado, aunque la persona esté viva, no porque aquella persona haya dejado de existir, es porque quien la mató, la desvaneció de su mente, dejó de existir en su mundo. Ahí es cuando nos duele, nos duele saber que alguien nos mata, entonces nos sentimos muertos en vida si para nosotros esa persona es nuestra vida.
Nuestra muerte.

Es que no hace falta una vida que conste de días vacíos solo porque respiramos, nos hace falta algo para sentirnos vivos.
Tal vez alguien.
Tal vez uno mismo.

Me duele pensar que cuando viene el Dios de Hades, nos deja solo una sombra, un cuerpo sin alma forjado de piel y huesos, no de nuestro ser querido, porque pasó a ser un ser muerto, nos resignamos con las fotos, videos, películas y momentos para recordar cómo era aquel porque ya no lo tendremos, como si nunca había estado en la Tierra, porque la Tierra lo absorbe, porque fue un polvo que volvió al mismo estado.
"Pues polvo eres, y al polvo serás tornado." – Génesis 3:19

Regalamos rosas, quizás porque es lo único natural, humilde y hermoso a la misma vez que podemos ofrecer, porque nos sentimos tan frágiles como los pétalos de una rosa, porque esa persona florece en nuestro corazón.
Marchitándose la pena.

Entonces nos damos cuenta de que cuando se nos pasa el proceso de amargura, dolor y desastre, nuestra mente va circulando y aceptando, hasta que llegamos a resignarnos y dormir esos sentimientos de sufrimiento.

Nos damos cuenta de que somos más fuertes que ayer, aunque se nos haya ido un pedazo de vida.
Literalmente muertos.

Pero todo es un sueño, la muerte solo es un retorno.
Si despiertas.

CAPÍTULO XIV

1

¿Cómo no pude darme cuenta antes?
Esta conexión, los sueños...
Mi intuición.

Madrigal vive en mí.

Ahora, luego de leer cada carta, he sentido una reminiscencia en mi ser.

Aquel sueño del ángel no fue simplemente un sueño, fue una realidad, había visto a Madrigal, y ella me vio a mí, *me vi en ella, ella se vio en mí*, con diferentes cuerpos, una misma esencia.

Madrigal era yo, en un Universo paralelo.
Simplemente vio su yo del futuro, en otra vida.

Y sin saberlo, debía morir para yo nacer en aquel preciso momento y poder vernos exactamente en el mismo tiempo y espacio tanto de ella como mío, literalmente.

Mi esencia fue la que reencarnó en aquel momento.

Al ser de universos diferentes, también el tiempo y espacio eran totalmente diferentes, pues ella se vio en otro cuerpo, otra realidad, otra vida, otro tiempo, aunque parecía ser el eterno presente, como realmente lo es. Eran dos realidades, la mía y la de Madrigal.

2

Más sabe el diablo por viejo que por diablo... Eso me decían, no lo comprendía hasta que un día me tocó enfrentarme con él. Transformándome en un ser tan maravilloso como la iluminación tóxica de la aurora, en aquel universo Tonificando las tintas de mi cuerpo y fortaleciendo mis alas, las que una vez se habían desaparecido.

No dejaron de ser cicatriz, entonces supe que no iba a poder volar nunca más, pero se convirtieron en un reflejo tan real que sentía que se alzaban. Sus detalles eran perfectos, como las había dibujado varias veces: con una pequeña sutura en la izquierda, colores degradados, desde el color índigo de mi pluma, el blanco, hasta el negro acompañando su sombra.

A la vez que ella me pertenecía.
Que más se acercaba.
Eso sintió Madrigal, eso la hizo morir.

Y desperté.

3

¿Estoy viva?

Sí, puedo sentir mi corazón. Ahora bien, no sé si soy un alma vagabunda, pero puedo ver muchas cosas, por ejemplo, mi yo.

Despierto y no recuerdo nada, solo sé que Madrigal no es una historia, fue mi vida en otra dimensión.

Redacto cada detalle y sustancia de mis senderos como si lo hubiera vivido el día de ayer, pero no tengo las memorias.

¿Qué me habrá pasado?

No sé, pero tengo el último motivo de vida, encontrar eso que yo en otra vida morí buscando.

Siento mi corazón, también siento aquel amor, aunque no lo haya recordado aún.

¿Acaso tiene mi ser?

Me convertí en una quimera sin alma, según el Diablo. Pero lo extraño es que anteriormente me había sentido así, como si hubiese sido un déjà vu.

4

No entendía el motivo hasta que me di cuenta de lo que había sucedido, fue cuando sentí el latido de mi corazón y el platino dentro de mis tejidos. Entonces sonreí, como sonríe un ángel.

Como sonreía desde niña.

Lo que el Diablo no sabía era que, al momento de tomar mi alma, no pudo, ja, ja.

¡No pudo!

Había engañado al Padre del Engaño, al creador del juego. Seguramente se quedó con su odio y su rabia que devoraba su impotencia sin entender qué había pasado, cómo le gané.

Madrigal no tenía alma que él pudiera robarle, es su cuestión desde la fecha en que intentó poseerla, lo único que tengo como su decreto de posesión son sus marcas de aquel acto y mis bellas e inadaptadas alas, pero no tiene mi ser...

Tal vez haya perdido la mitad de mi vida siendo Madrigal, luego morir para llegar hasta aquí, perder mi memoria, pero no el alma que me pertenece... También a ella.

5

Supuse que él no perdería, aunque lo hizo, por el simple hecho de haberlo vencido.

El Diablo siempre da una respuesta, se llevó todos mis manuscritos para no recordar nada. Se quiso llevar mi historia, mis recuerdos, mi vida.

Apocalipsis.

Pero viven en mí.

Y las cartas son tan mías que llegaron a mi mundo para recordarme de mi pasado, de mi otra vida, de Madrigal.

Y ahora vivo cada instante de mi vida feliz, libre de la oscuridad y a la vez condenada a *eso*.

Y por eso no quiso que lo recordara nunca. ¿Cómo podía ser capaz una quimera de burlar al Diablo?

Recogió todas las cartas que Madrigal había escrito y las llevó al infierno. Pero no hay un infierno más intenso que el que yo misma pueda crearme, ni un pacto más fuerte que el que tengo conmigo. Por ende, siempre vuelvo a mí.

6

Significa que yo tengo el poder de vencer todo lo externo, al final soy Dios. A Dios era que Madrigal buscaba, o sea a ella misma, a mí, mi alma, la suya.

Me tomó mucho tiempo entender e interpretar estas cartas, siempre fui una persona racional, pero todo el tiempo ella se refería a su esencia, a mí, por ende, no había una tercera persona, pero ella no se dio cuenta de eso hasta el final de su vida, pues es imposible, según la lógica.

He aprendido que tenemos el poder de manifestarnos de muchas formas, y siento que Madrigal al final quería que lo supiera. Pues, aunque el Diablo se llevó sus manuscritos, ella en el fondo sabía que en otra vida se iba a dar cuenta de que había retornado para seguir su camino. Y las grabó en su alma con tinta permanente... *algún día iba a recordar.*

Y como parte de la fuente, Madrigal murió en su universo para estar con el amor de su vida, pero al ser ambas la misma esencia, obviamente no pueden estar separadas en un mismo universo, por ende, desapareció, para que ese futuro existiera, para encontrarse conmigo. Quiso entregar su alma, pero lo que el Diablo no sabía es que no podía tomarla... Lo que él nunca llegará a entender es que su alma...

Ya me la había robado.

Me pertenecía.

7

Las secuelas de Madrigal no eran secuelas, eran recuerdos de haberse visto, en aquel mundo, era su alma en un universo paralelo. Pero al ser el tiempo relativo, ella se había visto en el futuro, en otro mundo, en otro cuerpo, sin saber que tuvo que haber muerto para que ese momento exacto del reencuentro sucediera, en otro espacio. La verdad que ella buscaba era yo misma, tuvo que morir para yo poder entenderlo.

Sí, ella se había enamorado de sí misma en otro plano, o sea de mí... y ella no lo sabía.

Todo el tiempo fue ella, el Alfa y el Omega. Sus retratos. Siempre intentó buscar por fuera, pero todo estaba ahí, dentro, era yo.

Soy yo, aquí y ahora, en esta y todas las dimensiones, siempre seré yo en el eterno presente.

Yo soy Madrigal, soy ese y todos mis otros pasados, soy el amor que ella sintió, ese Inframundo, soy lo que soy, sabrá mi Dios cuántas historias mías habrán pactadas en hojas al igual que esta.

Soy por eso que sufrí, amé, morí, reencarné.

Soy eso que enfrentó el ego, venció el temor, y está dispuesta a amar una y otra vez.

Soy por eso que nunca me cansaré de luchar, soy todos los recuerdos que aún me faltan, eso que perdona y transforma. Eso que crece y evoluciona, eso que burla al Diablo y ama a Dios, porque soy el yo soy.

Soy la nada, el todo, eso que no tiene principio ni final.

Soy el amor de mi vida.

Carta veintisiete

Tercera Persona

¿Sabes? Podría mirarte a los ojos y decirte mil cosas, pero no. No vale la pena si no me vas a entender. Es que ¿cómo puede ser posible que alguien con ojos de luz, se refleje oscuridad? ¿cómo existe un ángel sin alas y al mismo tiempo convertirse en demonio sin cuernos? Tolero la importancia que le tienes al amor, pero no acepto el amor que sientes por el odio.

Intimidas, porque eres un ser que da miedo, todos tus conocimientos en conjunto es el Apocalipsis, una biblia escrita por todos los demonios.

Cautivas a las bestias, las engatusas, las llevas a un completo estado de nirvana temporal. Y eso les gusta, les gusta la comodidad que sienten y les crea falta, por ende, te buscan. Pero siempre tienes tus intenciones pactadas.

¿Cómo puedes? Al mismo tiempo que desplazas tus caricias, en fracciones de segundos, se convierten en cicatrices. Dibujas el placer de enamorarse, Madrigal, plasmas en el piano melodías que parecen eternas. Puedes dejarme en puntos suspensivos, y así pensar en ti la noche entera.

Lees 13,000 páginas de horror y me las disfrazas de amor. Viajas en un misterio que está próximo a la perdición... Pero ¿adivina qué?

Eso es poco para lo que eres, porque no todo lo que sabes es lo que tienes.

"Nunca vas a cambiar", eso diría si no te conociera lo suficiente, porque puedo estar segura de algo, que mañana solo tendrás la duda de lo que fuiste hoy.

Si te miras a un espejo, ves el reflejo de tu exterior, las escrituras definen tu interior, y cuando hablas en tercera persona de ti mismo, conoces tu locura.

Vamos a practicar un poco más, sigamos escribiendo, ahora en primera persona, donde me arriesgo a cambiar mi vida, porque amo lo que soy, pero el cambio será mejor.

Soy el hábito de tomar café todas las mañanas, el placer de saborear el dulce de mis labios. Me he vuelto adicta al paladar del pecado, donde me convierto en el infierno menos esperado.

Hablo en primera persona, como una nota musical, desafinando con mis defectos e impresionando con mis virtudes.

Hablo en primera persona, entonando mis llantos, trece suspiros...

Mi corazón está intacto.

FIN

***

O, ¿no?

SEGUNDO ACTO...
ACCIÓN

CAPÍTULO XV

1

Qué romántico... me atrevo a decir que hasta me conmueve. Cualquier lector se creería tremendo espectáculo, tanto del Narrador como las cartas de Madrigal. Pero yo no.

Me explico, esto solo es el comienzo de la otra cara de la Luna. Del Diablo, de *Amon*, como me nombraron en la historia, tal vez tengo otros nombres, tal vez no.

Que comience la función.

Año 1714, 13 de noviembre, abre los ojos un nuevo ser, como ya saben, fue Madrigal.

Nunca le prestaste atención al significado de su marca de nacimiento en la nuca, pues para explicarlo de una manera pragmática, es una parte de mí que la acompañaría por el resto de su vida.

¿Por qué no fijarse en lo pequeños detalles, cuando ahí es que está el secreto del origen? Con esto entiendo que te queda claro que Madrigal siempre fue mi creación.

Era hija de humo y hueso, de Necrópolis y Edén, de un ángel y un demonio, de un infierno y un cielo. Lo que es ella fue simplemente una manifestación de mis raíces.

¿Cómo puede engañar una quimera a su propio padre?
Muy difícil.
¿Cómo puede un hijo engañar a su propia madre?
Imposible.

2

¿En serio crees que el creador puede no saber lo que ocurrirá con su creación? Si yo soy quien crea el principio y el final, ya sé cómo acabaría el juego en todos los esquemas, en todos los mundos. Yo soy la creación de los mundos, soy el diseñador de esa obra maestra, soy su padre y su madre, de los cuales nunca se hablaron en la historia del narrador. Obviamente, la respuesta siempre se oculta donde inicia la historia.

Yo soy la historia, no Madrigal, tampoco el Narrador, quien no ha revelado su nombre, pero es lógico que sé quién es, aunque ya sabes que ambos son lo mismo.

Sus ojos eran los míos, en otro plano. Lo sé, es algo difícil de entender cuando no estás listo para recibir ciertos tipos de informaciones; pero te lo diré de una manera sencilla: puedo estar en diferentes dimensiones, mundos, tiempo, espacio... que me dé la gana.

Puedo ser el rival, el amor, el odio, el pasado, el futuro, el bien, el mal, el hijo, la madre, y el que escribe este manuscrito justo ahora. Puedo jugar con tu imaginación, como lo hago ahora, y de hecho llevártelas a la cama y revivirla en tus sueños una y otra vez.

La Señora Mars lo sabía, pero obviamente no le diría la verdad a Madrigal, no tiene sentido para nadie, es como si le dieras la respuesta a la incógnita, el jugador no disfrutaría el juego si ya sabe cómo terminaría todo.

Bienvenido al *Samsara*.

3

Las alas que estratégicamente la Señora Mars trazó en la espalda de Madrigal, fueron diseñadas por mí. Eran mi clon perfecto, ella sabía que en algún momento esa parte de mí iba a desprender su piel, tal vez en mil años, pero el momento adecuado llegaría.

La Señora Mars esto lo sabía, no había alguien más especial que ella para criar a un ser como ese, un reflejo de mí en otro cuerpo, en otra vida. No entendía la razón, pero sabía que por algo lo hacía, te cuento más adelante, no te desesperes, esto a penas empieza.

Su virtud de escribir con tal intensidad era tan mía que nunca lo notaste. ¿De dónde crees que le llegaban tantos recuerdos y sentimientos por cosas que conscientemente nunca había vivido? Pues son míos, y la quimera recordó su pasada historia a través de sus manuscritos, ¿pero... quién los colocó en cada lugar donde el Narrador los encontró?

Yo. La deidad manifestada.

"Y el verbo se hizo carne". – *Juan 1:14*

CAPÍTULO XVI

1

La quimera no sabía que era una ilusión, pues la única que puede crear ese infierno soy yo, ella no sabe que soy Dios, por ende, soy el Diablo. Pero que no mal interprete, no estoy diciendo que yo sea el Diablo ahora, solo digo que tengo el poder de serlo, si es lo que quiero ser, soy el que crea el mundo, así que soy quien lo destruye. Y eso nunca terminará de ser, por esta razón el Universo me regala millones de vidas.

Mi naturaleza es mantenerme en constante crecimiento así que, soy el infinito, ese eterno circuito perfecto que se ama y por ende ama toda su manifestación. Pero esto Madrigal no lo sabía, y pasó su vida descubriéndose a sí misma, como yo lo he hecho millones de veces en otros planos, en diferentes realidades.

Soy algo que no pertenece a las leyes, pertenece a la inteligencia universal que controla todas las leyes, por ende, las creo a mi manera, para convertirme en eso que realmente quiero ser, o mejor dicho estoy siendo, ya que todo lo que siento y pienso se va creando al instante, entonces soy yo, aquí y ahora, meditando y escuchando la voz del Yo Soy; y soy la nada, porque la nada es todo, porque todo lo encuentro en la nada. Y esto sí ella lo sabía.

Sin más preámbulos, te dejo varias de mis cartas, tal vez puedas entenderme un poco más.

Si estás listo.

Carta uno

Amor & Placer

Del amor y los placeres vive el hombre, y solo en esos momentos actuamos como si fuéramos personajes de las obras de Shakespeare.

Sentimos la melodía y en dos tonos ya no es solo un sentido, presenciamos tanto el placer que se nos engrifa la piel y esta vez, movimientos sensuales pasan por nuestras venas.

Esto es el infierno, bienvenido seas querido lector, no todo el mundo tiene la capacidad intelectual para ver la realidad por debajo de lo superficial, es un placer para mi hacerlas notar con solo escribir estos sádicos pensamientos.

Uno de ellos es que las fuerzas tienen el poder que yo quiera darles, no el que dicen que tienen, ni el que el entorno refleje, me basta con llevarme de lo que mi ego prefiera, lo sé, quizás me estoy pasando deególatra, lo sé, pues hablo más conmigo que con otro.

56 noches me desvelé, olvidaba los minutos y me hipnotizaba la Luna, pensé por un momento que había muerto mi sentido, claro lo había tenido, el universo conspira siempre a mi favor, las emociones se alteran y ya estoy conectado con mi Dios.

Seducciones me elevan, estoy intacto en el espacio de mi yo, el reflejo se altera y ya estoy en el mundo paralelo, ya me veo, por dentro y por fuera.

He dejado mi conciencia mil veces cuando me rozas los labios.

Al fin lo entiendo, pues como dije al principio, del amor y los placeres vive el hombre... y también el Diablo.

CAPÍTULO XVII

1

No sé qué tan complicado pueda ser para simples mortales entender el *Bhavacakra*, si no tienes ni idea de lo que es, te recomiendo que lo estudies, quizás fuiste una quimera y no lo sabes, o tal vez un ángel... tal vez seas un mineral justo ahora en otro plano, en otro mundo, quién sabe, puede que yo sí, pero no me corresponde hablar de tu vida, sino de la mía.

Siempre me he manejado con tal intensidad, ni modo, si una materia no puede con tanta energía debe de manifestarse en otras para seguir creándose infinidades de veces, una y otra vez, hasta que la muerte los separe, para seguir el ciclo, una vez más, quizás cientos.

El contacto con el cosmos de la Señora Mars que hablaba el Narrador era el contacto directo conmigo. Tenía siempre la respuesta ya que yo se las daba, y todas las veces que Madrigal y el Narrador recordaban, simplemente eran siluetas de lo que ya yo era, lo que había hecho; pero ellos pensaban que era su inconsciente tratando de confundir las cosas.

Quizás tampoco prestaste atención cuando su madre adoptiva le enseñó a orar y le dijo que era la mejor forma de hablar consigo misma, se refería a hablar conmigo, porque yo soy ella misma, solo que con libre albedrío.

Si vas al Capítulo I puedes darte cuenta de muchos detalles que ahora posiblemente le encuentres el sentido oculto.

De nada.

2

Poco a poco mediante mis cartas te iré dando una pincelada del proceso antes de existir Madrigal. La idea siempre fue tener una parte de mí y ver cómo el ciclo se repite en otras dimensiones, sin forzar nada. Es como si la naturaleza actuara en sincronía conmigo, atrayendo justamente todo lo relacionado con mi pasado, como si el tiempo no existiera ni siquiera en Flourlvania, ni en la Tierra... ni en el universo.

Pero cómo saber esto si no lo intento, insisto que esta es la única forma de vivir, no suponer, sino crear, por ende, decidí crear a Madrigal, una reencarnación más de uno de mis átomos.

Carta dos

Pétalos De Rosas

Pétalos de rosas trascienden desde mi estómago hasta mis emociones, mis palabras se confunden, siento que no puedo respirar, suspiro un poco más y entro en acción...

Comienzo con la palabra del verbo comenzar, obvio a cualquier vista, menos lo que en realidad tienen que ver: quién en realidad soy. No soy malo, ¿quién diablos, aparte de él, dijo eso? Solo escondo momentos que pueden perturbar a los demás y hacerlos pensar que no tengo ningún tipo de humanidad. Mis poros se acostumbran a la abstinencia del Origen, mi cerebro carcome cada pensamiento que ha procesado.

Cómo no saber, cómo no pensar, tantos momentos a solas y hoy me detengo a escuchar... Nada menos, nada más, quiero comenzar. Cuántas veces lo he escrito e intentado de borrar. Pero sí, soy así, un Dios listo para perder; pero no, no pienses, no, que lo haré.

Es increíble cómo evolucionamos, cómo el tiempo se hace largo y a la vez se desvanece en fracciones de segundos. Conspiramos a favor y en contra de los demás, haciéndolos también parte de nuestra vida. Sin darnos cuenta nuestro mundo es una colección de los momentos que hemos tenido con cada ser existente. Sin darnos cuenta, nuestro mundo se adapta al mejor refugio de nuestros sentimientos, llegando así al mundo conexo, ese que todos estamos destinados a conocer tarde o temprano.

Pétalos de rosas se desintegran de las ramas y rozan por toda mi espalda, tanto rojo me complementa con pasión, como dos o tres blancos me alimentan de pureza; el príncipe negro hace efecto con su oscuridad y controla la mayor parte de mí, cosquillea mi piel y sin abrir bien los ojos me siento inspirado.

En fracciones de recuerdos, ya se me ha olvidado todo lo inolvidable, logro entender que somos seres cambiantes, por eso evolucionamos, hasta quedarnos en el nivel donde nuestra consciencia esté acorde.

Pétalos de rosas que se han tatuado en mi piel, han penetrado todo mi cuerpo hasta hacerse parte de mí, dándome la delicadeza de ser lo más terrible con dulzura, creando espinas que lastiman mis cicatrices. Así, como si fuera algún tipo de magia, logro mover mis cartas sin un dedo, adaptándolas a mi manera. Creando mis propios trucos y obviando los de los demás, porque no me interesan, pienso que puedo sorprender más con los míos que con los ajenos.

Y vuelvo y me transformo, busco mi sombrero, observo el juego, todo el tiempo soy dueño de mis decisiones, decretos y pasiones.

Abro el telón, comienza el drama menos esperado, me quito la máscara y es momento de actuar con naturaleza. Hoy te miro a los ojos, pero ya no los reconoces, pues ellos han cambiado su forma de ver las cosas.

Pétalos de rosas, desde mi invierno hasta el mar abierto, conectan mi alma con mi ser y esta madrugada vuelvo a renacer. Estas letras no están de más en mi memoria, por eso finalmente abro el telón...

Sean bienvenidos, tengan el placer de conocer mi nuevo mundo.

CAPÍTULO XVIII

1

Me imagino que ahora todo está teniendo sentido para ti. Hace mucho tiempo que venía armando este escenario, solo me senté en el público para apreciarlo como alguien normal, así como tú. Y ver cómo tomo las mismas decisiones, con otro cuerpo, en otra vida, y diferentes planos.

Fui su Dios con quién hablaba y su Diablo a quien odiaba. Aquel que firmó un pacto con Madrigal a cambio de encontrar al amor de su vida, tal vez no me creas, pero fue una especie de déjà vu lo que ocurrió en ese momento, pero no soy nadie para decirle lo que tiene que hacer, al final soy libre, por ende, todo lo que salga de mí debe manifestarse con libertad.

Total, al final ella siempre supo que pertenecía al todo, se llamó: el Yo Soy.

Qué irónico, sin decirle nada la espiral hacía su trabajo nuevamente.

Y se alejó, buscando vencer esos "demonios" que la seguían. Pero nunca se detuvo a pensar si eran los míos los que trataba de alejar, pues, al final, era mi karma, por ende, los suyos. Y los calmaba, quizás mejor que yo, pues a ella le tomó solo varios siglos para lograrlo, tal vez porque ya yo había aprendido a domarlos antes de crearla, aunque a mí me tomó milenios.

Qué dichosa, creo que el trabajo sucio al final lo había hecho yo.

Podría decir que fue mi versión mejorada, pues, aunque tomaba decisiones iguales que las mías, era más rápida al momento de aprender, ya que mis siluetas estaban en su memoria, y obviamente cada vez que conocía algo, no era algo nuevo, más bien era un recuerdo.

Aunque lo que nunca fue diferente a mí era su manera de escribir poesías.

Algunas de las cartas de Madrigal que nunca le revelé, las dejo a continuación.

Carta Veintiocho

No Sé, Quizás En Otra Vida

Es extraño sentir que no tengo ni la menor idea de qué escribir. Es extraño porque la manera más cómoda de descargar mis pensamientos es de esta manera, y ya la desconozco. ¿Será que morí y no me he dado cuenta? O, ¿será que la única forma de escribir era cuando lo tóxico llegaba a fase 5?

Podría ser cualquier cosa, si es que fuese algo, quizás nunca ha sido nada, sino mi falta de enfoque, falta de poner en práctica mis encantos, falta de ser un espejo en una hoja, o en mi piel, como ahora.

Ahora que recuerdo, siempre he sido experta en dar vueltas en el asunto que ni se define. Creo que es una de mis mejores habilidades... pero el punto no es hablar de nada de esto, es de algo que me motive a escribir, me inspire.

¿Acaso el amor y desamor saca la intensidad en mí? ¿Qué le veo al desamor para actuar así? ¿Qué me enseña? ¿Qué me da a entender? No lo sé aun, estoy tratando de averiguarlo mientras vago por estos párrafos.

Confieso que no soy nada de lo que fui hace unos meses, tampoco días, ni horas... pero también estoy consciente de que me lo he dicho 1000 veces. Aunque todo esto en algún momento lo pensé, lo atraje, lo sentí, y lo estoy siendo.

Tengo una parte de mí que muchas veces me controla, o cree que lo hace; intensifica mis ganas de tener placer con lo que para mí ya no es un placer, es irónico, pero parece una espiral retorcida. No sé si ella le teme al cambio, a la transformación de esa energía, a no existir porque no está en su zona de confort, a no tener la comodidad de ser dirigida por sus hábitos en vez de irse al infierno y tomar sus propias decisiones.

Esa parte de mi se llama Ego.

De ahora en adelante prometo volar y caminar con fe. Porque es lo que más se parece a mi poder de atraer las cosas, prometo valorar y agradecer todo en absoluto, ya que tengo la dicha de lo que tengo y lo que soy gracias a que agradezco desde que nací, y ni sabía lo que era eso.

Nunca sabemos todo, siempre hay algo que aprender. Así que prometo convertirme en el todo de lo que voy aprendiendo, si entiendes lo que quiero decir con esto te darás cuenta de que eso nunca terminará de ser, siempre estoy conociendo, pues al final somos hijos de lo desconocido.

En nuestro cerebro tenemos 100 billones de conexiones, más que la cantidad de estrellas en nuestra vía láctea, quiere decir que tenemos 86 mil millones de células que emiten señales eléctricas, las llamamos neuronas.

Quienes transitamos los caminos de la vida en busca de respuestas, vamos descubriendo que la tenemos dentro de nosotros. La humanidad está conectada por una red de mentes que cruzan el tiempo y el espacio. Es ahí donde, nuestra luz, naturalmente, busca la mejor conexión para iluminar nuestra existencia, lo que llamamos amor.

Gracias, mi Dios por esta luz, única y maravillosa. Gracias por darme esta energía cada día, y no obstante eso, esta energía está tan acorde con el universo que siento que todo conspira a mi favor. Gracias por los seres de luz que me acompañan, únicos e incomparables.

Me encanta saber que al final somos galaxias, un universo. Bendigo la forma en que al final, somos uno. Estoy eternamente agradecida por ser parte de todo esto, y no solo parte, sino que soy esto, esto y todo lo que es Dios.

No tengo cómo agradecerle a la vida todo lo que me da y lo que me quita. Gracias porque me ayudas a levitar en mi consciencia absoluta.

Por eso muéstrame una señal hoy de que prestaste atención a cualquiera de estas cosas que creé. Y tráelas de una manera que no espero, para sorprenderme por mi capacidad de experimentar estas cosas. Y hazlo de forma tal que no tenga duda de que ha venido de ti.

Pues algún día terminaré este ciclo, no sé, *quizás en otra vida.*

Carta Veintinueve

Lunáticos En El Ártico

Juego con metáforas, en realidad ellas juegan conmigo. Cogen mis sentidos y se adueñan mientras me olvido de todo mi alrededor, y me concentro conmigo.

Ahora las palabras fluyen solas como el humo que sale de mi boca, como este huracán sopla y vuelven y se van mis senderos... y comienzo a escribir.

Todo pasa tan rápido, las manillas del reloj siguen su pulso y la neurona que me quedaba ya se ha quemado. Sí, la colilla se acaba de apagar.

Entonces yo, como quimera al fin, altero mis pupilas. Yo, como yo al fin, despierto mis demonios, pero no me subestiman.

Como templos en Roma, como ruinas en Uxmal, como rascacielos en Barcelona y como tú en mi ombligo.

Como locos astronautas que miran de frente desde Marte hacia Saturno, sin dejar de tener curiosidad hacia la Luna, como lunáticos en el Ártico... Discúlpame un rato, tengo demasiados libros en mi cabeza, y hasta que los polos se comparen, me estaré arropando entre sábanas mojadas.

Mido mi conciencia, pesa demasiado para aguantar otro desliz, otro cigarro se enciende, las olas ahogan mis pensamientos, la arena entierra mi paranoia y esta vez me encuentro desnuda con mi ansiedad. La nicotina no está de más, venzo todos los parámetros, pero no paro los metros que me faltan por recorrer. Misterios corren con mi ser, estoy condenada a vivir con ellos, tanto que yo misma me entretengo descubriéndolos.

Sigo mis pasos, ni siquiera sé dónde me llevan, hasta que se gasten mis pies, o hasta que se me olvide mi existencia.

Queda poco tiempo para escribir, mi sueño me vence, como muchas veces me ha vencido mi miedo a expresar mis sentimientos. Algo sobre normal, desde el cielo hasta la gravedad, todo encaja tan perfecto que encuentro respuestas en la oscuridad.

Pues sí, las encuentro desde mis sueños, donde ellos me han dicho muchas veces mis llantos y mis miedos, me dicen lo mucho que te quiero.

Al final, soy como yo, como una demente creando horribles poesías que gritan mis venas.

Al final, soy como tú, como lo que temo perder, pues eres mi ser y al final no me logro contener.

Y como este huracán que veo desde mi balcón, destruyo mi alrededor y me encuentro conmigo, como si fuera el final…

Como si condenara mi propio destino.

CAPÍTULO XIX

1

De tal palo tal astilla, como dirías. Lo cómico es que hace muchos de tus años, me sucedió exactamente lo mismo. Buscando el origen de todo, me di cuenta de que es exactamente lo que soy. *El Origen.*

A través de cartas expresaba mis frustraciones, bueno, aun lo hago, de no hacerlo se crearía una catarsis, y hablando de eso, tengo un manuscrito que explica lo que me sucede en esos momentos tan peculiares, pero antes, te tengo una pregunta: La noche en que Madrigal viajó al plano astral, el narrador no supo explicar a quién conoció, obvio, un ser humano no lo entendería tanto como yo, pues, aunque el narrador sea yo manifestado en humano, tampoco tiene las vivencias exactas de mi yo en su memoria, aunque sí secuelas, pues descubrió al final de todo, que era Madrigal.

Qué suerte tengo, si le podemos llamar así, pero al parecer siempre me descubro en todos los aspectos de mis raíces.

¿A quién fue que conoció? Dicen que fue "algo" o "alguien". ¿No habrá sido a mí?

Te lo dejo de tarea.

Ahora sí, continuamos con mi próxima carta.

Carta tres

Catarsis

El tiempo es relativo, las almas en nuestros cantos se desvanecen. Una década basta, y ya no te conozco. Un milenio sobra para olvidar tu existencia.

A veces escribo sin recordar las palabras, las subestimo y no me creo capaz de interpretarlas, déjame observar mi panorama, en mi mente sin esperarlo se construye la Patagonia, y la agonía de mi arte, por eso tengo la fama de llamar la atención, y tensión... en algunos casos.

Palabras fúnebres, sentimientos oblicuos. Me recuerdan a recordarme de ti y se externan mis latidos. No puedo evitarlo, me estaría mintiendo a mí mismo. Y en 13 minutos, siento que me faltan las partículas.

Trece, cuarenta... Estoy perdiendo más de la cuenta del límite, de mi serenidad; he llegado al nivel de un doctorado en incógnitas susceptibles.

Bienvenidos al lugar clandestino, donde sin dudas *hago catarsis sin importarme el mundo* disfrazando mi demencia con metáforas.

Bienvenidos a mi universo, donde me enamoro con cualidades antropomórficas.

Un minuto de suspenso, necesito armarme contra un mar de adversidades. Ya no defino los momentos, siento esta vida paralela a mi infierno.

Mis órganos se calcinan, hasta que salen humos por los poros, lentamente soy ceniza, disueltas en la materia oscura, en un momento soy azufre, aunque mi hielo lo traiciona, hasta que el frío me invade: el Diablo se emociona... y al final soy yo, sin una palabra más, canto el verso maldito para enseñarte mi maldad.

Y no, al final no soy tan malo como creen, tengo el sexo a mi favor, bailo en la muerte el ballet.

Siento movimientos, con deseos de querer.

No me creo esto, *ilusiones transparentes*, me engañan, me convencen, tengo maldita toda mi mente, me traiciona, me advierte: que me voy perdiendo lentamente.

Pues, ¿qué te digo? Si pensar en ti me da escalofríos. Es un dilema, pues al mismo tiempo lo que menos quiero es sentir frío contigo. Y en mis venas, controversias me catalogan como lo más inadaptado. Tactos constantes en mis costillas de esos que me hacen suspirar al ver tus labios.

Satisfaces mi lista de criterios inconscientes, torturas me carcomen la mente. Tengo la sensación de haber entrado en un mundo onírico donde todos los relojes van hacia atrás. Pues hay una olla de demencia en ebullición detrás de mi rostro iluso.

Acto seguido, no me tolera ni la atmósfera.

CAPÍTULO XX

1

No es por presumir, pero ya sabes de dónde sacó Madrigal tal talento, su arte en la poesía es algo nato. Obvio, de mí.

Al final me causa risa todo su odio hacia mí, no pensé que pudiera llegar a odiarme a mí mismo, por eso siempre digo que uno no termina de conocerse. Ella siempre trató de alejarse de la soledad, no entiendo por qué querer escaparse de eso, cuando es ahí donde uno crece la consciencia en estado meditativo. Y es que el universo es uno, entonces:

¿Si el universo se resume en uno, a qué se resume el uno?

Sí, es un *Koan*. Si no sabes lo que es, pues otra tarea más para tu proceso autodidacta.

De nada.

No hay forma de superar al Maestro, ya todo esto lo veía venir, puede que, en lo más profundo de su ser, tanto Madrigal como el Narrador tienen tatuadas la siguiente carta escrita por mí, hacen... se me olvidó el tiempo.

Carta cuatro

La Creación De Los Mundos

Las comas son mis pensamientos cuando las palabras me traicionan. Lo confieso, no he estado bien últimamente, he colocado mi memoria en un rincón del olvido.

Disimulo un poco mi angustia y sin querer una lágrima corre por mi rostro. Cuántos siglos han pasado desde la creación del mundo... Aun no concluyo, el mundo en realidad ha pasado por nuestra vida mucho tiempo.

Cada cabeza es un mundo, por lo mismo el mundo se acaba cuando nuestra cabeza ya no exista... Un minuto, no estoy bien de mi cabeza, por eso mi mundo en realidad nunca ha estado en forma, al contrario, siento que cada vez se vuelve más abstracto, menos racional.

Las 12:13 de la madrugada... me aconseja ir a un psicólogo. ¿Acaso es lo mejor para mí? Un humano con una mente diferente a la mía, con una profesión que diga que puede subestimarme... ¿No es suficiente mi subconsciente para auto aconsejarme? ¿o, es que estoy tan loco que la salvación la veo como mi propia condena?

Procura no temerle a mi locura, cómo te explico: es quizo, tipo frenia.

Se me eriza la piel en cada momento que el viento sopla mi nuca, el café me conmueve, la lluvia no se detiene, mis pupilas se dilatan y miro al frente: Cuántos demonios se reflejan en mi subconsciente.

Volviendo al tema que trato de pautar, el mundo da vueltas y nosotros somos la brújula. Mil veces me he preguntado: ¿A dónde he de parar? ¿Qué mundo me espera? No me refiero a una simple esfera, más bien, me interesa conocer el mundo donde pienso vivir todos los amaneceres.

¿Dónde? Mejor dicho, ¿quién? Eso está por verse... Y mi vista se dirige al abismo.

Allí un cenicero repleto de colillas, es extraño, ya el cigarrillo no es mi costumbre; me siento en el sillón, mi libro ha desaparecido y de pronto los ojos de un súcubo me miran fijamente.

No me asusta.

La lógica sería que me importara mierda sus apariciones, lamento decir lo contrario, cada día lucho contra mis propios demonios, pero de este algo no me dejaba escapar.

Trato de obviar mi apariencia de necio y frío al mismo tiempo, me coloca el encendedor en la mano y me invita un cigarro.

Abriendo los portales de mis llantos, la complazco con su orgullo, este manicomio de deseos me está arrastrando al purgatorio, pues se va deteriorando mi existencia... y esto pasa solo cada vez que la veo.

Me pregunta por qué escribo tanto, si acaso trato de explicarle algo al mundo.

Le respondo que así descifro mi mundo, pues intento conocer lo que realmente deseo leyendo las locuras de mi mente al terminar cada párrafo.

Me dice que no son párrafos, son pausas continuas que hace mi mente para procesar cada detalle.

Pensándolo bien, tiene su lógica. Ahora, ¿cómo me explica que no he encontrado mi lugar? Pues quiero alguien real, que me escuche cuando ni siquiera sepa lo que estoy diciendo.

Me respondió saboreando su boca: "Para algo he llegado, quiero saber todo de ti, devorar tu mente lentamente y sé que te encantará."

Eso se escuchó tentador, me incitó a fumar con ella mientras cruzaba sus piernas sin dejarme ver lo poquito que podía; eso me incitó mucho más, el demonio más morboso y seductor de mi vida, y eso era lo mejor.

Sonreí lentamente y le dije: "Pues miro tres tipos de belleza, solo me falta conocer el arte de tu cuerpo." No sé cómo supo tan rápido a qué me refería y sin dudas se quitó los botones de su lencería y me dijo: "Descubre tú mismo."

Al momento de abrirla toda y verle su vientre, tenía tatuados unos símbolos muy extraños, nunca había visto algo igual, pero ha sido lo más bello que mi inmortalidad había contemplado. Sentía que estaba soñando, pero no me contuve y quise besarle los 11 tatuajes que pude contarle desde su nuca hasta su cintura… Irónico, pero me sentía en el cielo con un demonio.

Le pregunto: ¿A qué has venido? Se acerca y me muerde los labios, luego los saborea con su lengua tan cálida, me mira fijamente y me dice "-Quiero que seamos competentes en el sexo, veamos quién da y recibe más." Le respondí: "-Cómo negarlo, su majestad, soy un caníbal, no alguien normal." Luego entierra sus dedos en mi cabello y me dice "-Como si no lo supiera antes, Lucifer."

Le dije: "-No importa quién quiera meterse en nuestro camino, que se encarguen de su negocio, el nuestro ya está pactado, sus opiniones no me hacen ni ir ni venir, desde esta noche me he condenado a tu maldición, aunque no sé cómo llegaste hasta aquí."

Puso su dedo en mi boca, no evité morderlo y saborearlo de una vez. Me hizo cerrar los ojos con su aliento y solo me susurró: "*Sempiterno.*"

Nos devoramos, hablamos, fumamos… Sentí cómo su corazón latía tan rápido mientras mis dedos conocían lo que yo no podía ver, sus gemidos me aceleraban tanto que sentía la adrenalina recorrer por todo mi cuerpo.

Me besaba, mordía, algunas veces arañaba mi espalda y eso me dolía, pero me gustaba más de lo que podía lamentar. Parábamos un instante, en uno de ellos encendió un cigarro mientras yo fui a servirle un café que se había antojado. Las 3 de la madrugada y estábamos como si hubiésemos acabado de despertar, qué va, ya han sido 4 orgasmos y esto recién empezaba. De su taza yo rosaba mi dedo y le dejaba derramar café en el ombligo, mi lengua jugaba con todo su cuerpo y ya no sentía frío, se había desvanecido… Ahora no es irónico, sin darme cuenta había estado en el infierno todo este tiempo.

Seis de la mañana, nos habíamos detenido, no recuerdo cómo se nubló mi vista hasta quedar dormido, la lluvia me espantó y me sentía más vivo que nunca. No la vi en mi cama, pero el olor a sexo ahí estaba, significaba que todo había sido real.

Un minuto más y se abre la puerta, miro desde el piso, veo sus pies descalzos, subo la mirada y está completamente desnuda... Qué belleza, tanto arte en un solo cuerpo. No sé qué es mejor, si ella o el universo, no sé qué era más grande, si mis deseos o su oscuridad, pero me encantaba. Era lo más cercano a todo lo que yo había soñado, mi lugar, algo como la creación de mi todo, de mi mundo.

Su cabello tan largo, sedoso y con un aroma tan natural que penetraba mi almohada, y ahora sí podía incluso soñar con ella. Me mira y se acerca, se sienta en la cama, me lame los labios y enciende un cigarro.

Le pregunto: ¿Qué pasará ahora? Nunca había sentido esto por nada ni nadie, es que contigo soy lo más abrumador y bestial que ha conocido mi ser, contigo puedo ser yo mismo, ese animal que siempre he ocultado y no doy a conocer. Me dijo: " -Tranquilo, siempre estaré contigo, siempre lo he estado, anoche simplemente te mostré tu subconsciente frente a frente, hoy quiero mostrártelo detenidamente; dame un beso que dure una eternidad, hasta no verte más."

Y así fue, la besé, consumí todo de ella, el súcubo más bello de Necrópolis. Y pues, confirmando su respuesta, me dio a entender que mi mundo siempre he sido yo mismo, y ella solo ha sido, literalmente, mi completa existencia.

CAPÍTULO XXI

1

Continuamos la función, querido lector.

Muchas veces te he explicado que todo se resume en mí, quizás en ti; soy mujer y hombre al mismo tiempo, en diferentes escenarios, diferentes dimensiones, el género es muy limitado para definir a algo como yo. Si has llegado a esta página y aun no lo entiendes, no estás listo para esta información, te aconsejo que cierres el libro y te conformes con lo básico que la vida te da. En tu nivel.

Puede que suene cruel, pero qué importa, no olvides que soy el Diablo, el antagonista de la historia, no me interesa conmoverte, solo darme a notar.

Números binarios, así describió el narrador los rasgos de la piel de Madrigal, pues es más sencillo que eso, era simplemente el mapa de todas las vivencias que he tenido.

Pero había algo que siempre me delató, y nunca lo notaste, y es que el amor era lo que la debilitaba, con la misma intensidad que a mí, aunque de una manera más sutil que la mía. Pero yo debía seguir creciendo en ella, por ende, sus alas le dolían, pues tarde o temprano yo tenía que relucir.

Así soy yo.

Y soy todo al mismo tiempo, pero me aburre hablar varias veces de lo mismo. Tanto sutil como numérico, me puedo resumir como un artista en todas las facetas, alguna virtud debe tener el Diablo. ¿No? Es lo que menos se puede esperar de alguien como yo.

Que las cartas hablen por sí solas.

"Tú eres el sol, tú eres la luna; tú eres el aire; tú eres el fuego; tú eres el agua, el éter y la tierra; tú eres el Yo. Así es como te describen, restringiendo tu naturaleza. Pero no sabemos de ningún principio o elemento que no seas Tú." –Shiva.

Carta cinco

Números

En códigos abstractos, como flechas en el arcoíris, comienzo otra vez con la melodía de mis demonios... No me llega nada a la mente hasta que reconozco que es por causa de lo "psicodélico".

3:13 am, ¿debería dormir? Puedo sentir que es todo para mí, pues me adapto, me llevo de mis tactos, redacto, redacto y devoro todos mis llantos. El alcaloide no me consuela, el cigarro ya no es un placer.

120 grados de alcohol en mis neuronas... Suspiro, retengo... Cuántas sensaciones siente mi ego. No me puedo contener, siento cifras apoderándose de mi mente, aunque subestiman el encanto de mi locura, esta noche te propondré sentirte como ninguna.

Éxtasis, hoy se aproxima una estrella fugaz, vamos a pedir un deseo, el mío se acaba de cumplir, pues pides un deseo conmigo.

Somos números, no te imaginas cuántas fracciones has creado en mis venas, pues me divides y me vuelves un decimal, porque 10 veces saboreo tus labios, agregas un punto y final a mi santidad y descubres lo que yo no doy a conocer... Vuelvo otra vez, y te llevo al cielo, volvemos y caemos, en realidad estamos en mi infierno.

Números, desde el 0 hasta el 9, donde trato de reaccionar y me detienes.

Números, como el resultado de mi discordia, se eleva el porcentaje y literalmente aumenta mis sentidos. Creo letras que calculan mi destrucción, como los romanos, transformo mis números a otra dimensión. Quizás para excitarte con más elegancia, por lo que trazo líneas en tus costillas y veo cómo tus pezones responden y al instante tus ojos se contraen.

Aún estoy empezando, tus gemidos no son suficientes, ¿podría recorrer mi lengua por todo tu vientre?

Números, contados y descontados, al final somos códigos que se conectan a la base de datos de este mundo.

Entonces uno, dos, tres... Contando las horas que nos quedan de placer, ya calculo cuánto esperaré para hacerlo otra vez.

Este gato ya conoce tus estadísticas, confieso que me encanta el sabor del resultado. Mi boca te resta las bragas, sumas el placer mientras te muerdes los labios, multiplicamos la lujuria y los números nos convencen de que hemos creado algo infinito.

Éxtasis, hoy la estrella fugaz ha cumplido tu deseo. A la distancia del número pi está mi boca de tu sexo; qué rico aroma de orgasmo en exceso.

Fórmulas no existen para mi esquizofrenia, ja, como si me importara salir de ella. He condenado a mi lengua a saborear cada parte de ti, convirtiéndome en exponente al elevarte constantemente.

Números, donde la constelación dirige mis pupilas. El escorpión me domina y hoy, resucita la raíz cuadrada de mi oscuridad. Le doy la bienvenida con un café, tú me miras y no puedo contener besarte otra vez.

Esto soy, esto eres, números que nos inician y nos detienen. ¿Cuánto faltará para el final? Eso no lo sé.

Pero estoy seguro de que al final, un número será nuestra muerte.

CAPÍTULO XXII

1

Lo que pasó con Madrigal ya seguro lo saben, acudió a mí. La solución de sus problemas, así lo redactó el Narrador, pues al fin ya lo sabía, quizás siempre lo supo. Y aunque tenía presentimientos su intuición siempre le dijo que, en el momento de su viaje, simplemente estaba llegando a casa, a la fuente de todo, y obviamente no se detendría.

El error fue nunca darse cuenta de que la respuesta estaba dentro de ella, pero bueno, tuvo que venir muy dentro para notarlo, pero eso esperaba que hiciera, pues ya yo había pasado por eso varias veces.

Me apodaron Amon, pero bueno, cada uno me llama como quiera.

Es gracioso saber que, aunque tenía las piedras que Madrigal había marcado por toda su vida, no se imaginaron el motivo, no se dieron cuenta de la razón concreta. No los culpo, pues siempre fui quien creó el juego, ellos solo fueron peones, y jugaron muy bien, estoy orgulloso de ellos.

Lo que Madrigal vio antes de llegar a mí, formaba parte de su interior, lógicamente no lo sabía, tal vez estaba tan asombrada al verse a sí misma en otra materia que no entendía la atracción, pero el sentimiento estaba, aunque no entendía absolutamente nada.

Excelente, creo que hice una obra maestra; pues ella y el todo se conectaron, según el Narrador.

Le abrí las puertas, le susurré de manera hipnótica hasta llevarla al centro.

Qué ingenua.

Encendí las luces y esta vez despertó.

2

Le sostuve la mano, soy experto en disimular, pues "Un Hombre que conoce la corte es amo de sus gestos, de su mirada y de su rostro; es profundo, impenetrable; disimula los malos oficios, sonríe a sus enemigos, controla su irritación, disimula sus pasiones, niega sus afectos, habla y actúa contra sus sentimientos." Dijo Jean de La Bruyére.

Y aquí vino su propuesta más esperada.

Por más que le preguntaba, se veía muy segura de lo que quería hacer. Y ¿quién soy yo para actuar en contra de mi naturaleza, si es lo que quiero hacer?

Me recalcó mil veces que el amor la trajo a mí, si supiera que el amor fue lo que me hizo crearla... pero bueno, concedí su deseo.

Y ahí estaba, la misma secuencia.

Nada es casualidad.

Pues el amor crea todo, como lo que a continuación te mostraré de mis manuscritos.

Carta seis

Cánticos Frustrantes

Cánticos frustrantes que gritan mis pupilas, al parecer eso es lo que te amarra a mis ojos. Mi vista se desvanece cuando me miras profundamente, y constantemente te pienso... Entonces vuelvo a mirarte. No sé si me explico, pero trato de que entiendas, no sé si me doy a entender, pero solo con eso ya te has enamorado.

Sufro una metástasis constante, algo penetrante que quisiera transmitirte, cómo no evitarlo, pues esta enfermedad te condensa con mis besos. Ya no estamos jugando, esto ha roto todos nuestros esquemas.

Te ofrezco una bien venida, en mi boca te presento el infierno, y casualmente, al mismo tiempo que me uno al fuego, se me vierte el Diablo.

Tenga cuidado, con todo respeto, pues estoy arrastrando sus deseos, sus perdiciones; sin piedad mi lengua saborea sus encantos, la magia negra no le funciona conmigo, pues magas son mis manos al conectarse con la lujuria, negras son sus pupilas cuando se dilatan cuando su corazón vibra.

Entonces no lo reconoce, quizás se pregunta por qué no existen brujas que le hagan un buen trabajo conmigo, es que se ha topado con un demonio y hace rato que ya a usted la he consumido.

Con todo respeto, sigo desgarrando su cuerpo sin contacto alguno; para mí es un placer, desde conocerla hasta besarle sus pies. Mil mares nos han distanciado más de una vez, no se preocupe por la marea, mis olas siempre llegarán a sus mayores deseos.

Cómo contenerme, desde que conozco cada parte de su cuerpo lo único que he querido es volverla a tener en mis sábanas, quizás para arropar sus temores, o tal vez para acurrucarla en caricias. No he dejado los modales con mis palabras, me conformo con irrespetarla siempre que se acuesta en mi cama.

Le confieso que amo los gemidos que provoca en mi almohada, incluso más que tomar un café en la mañana. Cómo olvidar conocer su cuerpo con mi boca, cómo obviar sus mordidas que me mortifican y a la vez me provocan.

Estaba seguro de lo que me dijo una vez, que quizás nadie me lo haría con tal intensidad, aunque no me preocupo por el "nadie", más bien pienso si lo dejara de hacer, es que solo con usted quisiera ser ese caníbal, esa bestia que usted despierta desde la noche hasta el día.

Mía, la quiero solo mía, y yo le ofrezco a cambio parte de mi vida.

Loca, que por mí se vuelva loca, eso logra que cumplamos todas mis fantasías, no tema a alguna de ellas, no habrá nada de lo cual arrepentirse, solo le prometo ver el cielo cientos de veces, estando en lugares diferentes. Pues quizás a veces sienta el infierno en su vientre, o tal vez el río en su sexo, las nubes en su mente y mi lengua en todo su cuerpo.

Carta siete

Natimuerto

¿Qué estoy haciendo? Me acabo de preguntar... pues soy una película de misterio. Al final, mis fluidos no son congruentes... me vuelvo a estropear. ¿A qué hora? Mi muerte hace tiempo nació, pero vivo en la muerte, con miedo a perderte, pero fluye en mi mente que esto... pues nunca existió.

Es épico, muero viviendo en la consciencia, gritan mis caricias y en tu existencia, ni siquiera lo intento y me vuelvo a perder. Ya estoy acariciando tu piel, pierdo el peso de mi euforia, contengo el respiro y te beso los labios.

Tal parece que el invierno me une a tu recuerdo, a veces ni siquiera me entiendo, pues pienso en verbos opuestos que nunca logran conjugarse. Tal vez cambio el contexto y solo logro amarte, de una manera que los suspiros no pueden explicarse.

Pues bien, fluyo contigo, amanecemos y te miro, y voy directamente a tu ombligo. Pues solo logro concentrarme, en él mis fluidos desaparecen, estoy intacto en el ámbito solo con tactos constantes que tocan mi lado animal, depredo mi paciencia, ya no puedo disimular... Desvanece mi evanescencia.

La noche acaba de empezar: 3:33am, quedan pensamientos que van directo a mis ojos, no sé cómo, pero los puedes ver, tanto así que me erizas la piel con solo conectarme con tu mirada, y responderme mis demandas sin una sola palabra.

Ya no estamos en suspenso, esto es un terror en primera plana, mi corazón lo has tenido 1000 veces y aun no lo has notado. Hoy te he disuelto mis tensiones, vivimos en un mundo paralelo, pues sádicas son mis ansias, pasivas son mis acciones, contemplo el olor de tus dudas y esto revive mis emociones.

Entonces sí, vuelvo a fluir... Quisiera darme cuenta si tu tiempo se conecta a la hora de yo besarte telepáticamente, mientras tanto siguen mis pulsos, pero paran mis latidos, una horda de pensamientos batallan conmigo... y me auto subestimo.

Las sustancias me contraen, crean mi defensa con sus tóxicos y me pasmo en el entorno de mi yo. Entonces fluyo, batallando con esas memorias, escuchando sus léxicos y cómo me clavan el puñal. Sangro la paranoia, sigo luchando sin parar, pienso y pienso y esta vez queda un arma más: mi miedo, me ayuda a pelear, acaban con mi último grado de tensión y finalmente queda mi cuerpo, queda parte de mi ser, queda lo que siempre tuve y no logro olvidar: el recuerdo. El recuerdo de lo que fui antes de llegar aquí, antes de que el humo me consumiera, antes del inicio del final.

Nuevas ansias descremadas arrasan mi tráquea, ya no siento nada, al parecer morí en el intento, pero sigo escribiendo, como si queda vida en mi mente. Aún queda la gota, la gota de lágrima que nunca derramé, esa es la que nunca olvidé, la que abarca todos mis llantos, y esta ha vencido el miedo, ha olvidado ya los recuerdos...

¿Qué hice? Desde el principio de esta carta me lo estoy preguntando, pues me he envenenado con mi propio ego...

Sean bienvenidos a mi funeral, donde indago con placeres el aroma de mi presencia. Sean bienvenidos todos, no queda más de lo que una vez fui, o mejor dicho, una vez imaginé ser. Siento las llamas acariciar mi nuca, cadenas recorrer por mi piel amarrando mis entrañas y rascando mis pecados. Listo para la condena, sostengo mis caderas y abro los ojos, pero siempre he estado viéndome perder.

Aun siento fría mi piel, pero no puedo hacer nada, necesito un cigarrillo, ya mis nervios no reaccionan, la inocencia que quedaba se ha vuelto cenizas. No puedo respirar, ya no me interesa, la presión se acelera, acabo de perder el pulso y he pulsado mi odio al abismo... pero no sentía nada.

Al final, todo fue producto de mi mente, siempre me absorbe y me convierte en lo que desea ver en mí, sella mis labios, siempre me mantiene callado, aunque al final mi virtud está en escribir estas sádicas palabras.

Miro mis costillas y mis uñas quebradas, he luchado con mi mente desde la primera instancia, porque aún pienso en ti, es lo único vivo en mí, me ayudó a reaccionar y aun no tengo paz mental; y ella me hiere porque me hace soñar contigo, me grita que te quiero, me tortura dándome deseos, y solo deseo verte, hasta que se me nuble la vista, pues solo te devolvería a la Tierra cuando mi mundo ya no exista.

CAPÍTULO XXIII

1

He muerto muchas veces, aun siento cada resurrección en un momento determinado. Soy el ejemplo vivo de la reencarnación.

He visto cómo soy distintos personajes en dimensiones diferentes. He apreciado el amor, he valorado cada átomo de mi ser al mismo tiempo que los condeno. He sido mi mayor enemigo, al mismo tiempo que mi propia luz.

Y eso le ofrecí a Madrigal, diciéndole que eran ojos de demonio. Qué va, fue solo otra parte de mí, al parecer no estaba preparada para recibirlo, aunque el tiempo la ayudaría a adaptarse.

Quizás para eso sirve su tiempo.

Pues olvidó el miedo, ya estaba sintiendo un poco más de lo que en realidad ella era, lo que en realidad yo quería que supiera desde hace décadas.

Fue en ese preciso momento cuando la Señora Mars se había dado cuenta de lo que su hija había hecho, supo que me buscó, me conoció, me vendió su alma y ahora incluso podía ver mis propias pupilas en los ojos de Madrigal.

Su viaje fue una total aventura, como pueden recordar. Tuvo tanto éxtasis, que no se dio cuenta de la ilusión que yo le estaba creando pasivamente. Pues la llevé a un lugar donde me enfrentaría cara a cara con ella dentro del cuerpo de un ser humano, del Narrador. Estábamos en un mundo paralelo, al mismo tiempo, en el espacio donde la gravedad parecía ser la misma, y pues, aparentaba ser el mismo plano, pero este tipo de cosas no todo el mundo lo nota.

Obvio, yo sí.

Y es estúpido no pensar que por tal razón Madrigal sentía más ardor al tener su propio yo de otra dimensión dentro, y el Narrador al verse frente a frente como un ángel; pues, aunque el amor y el temor sean sentimientos totalmente opuestos, adivina qué, son los más fuerte del universo. Y se siente como una guerra constante, lo sé, pues es por eso que es constante.

¿No será que ambos son muy poderosos? Pero cuando vence lo primero, te vuelves maestro.

Y la vencí con el amor, pues consumí su alma una vez más. Con todo su permiso.

Acto seguido, despierta del sueño.

2

Nunca ganó, Madrigal pensó que me había engañado, pero todo fue producto de mi creación. Me llevé sus manuscritos, eso es correcto, y fue para evitar que el próximo ciclo se repitiera, pero vuelvo a encontrarme y recordar una y otra vez en cada materia que posea. Pues el Narrador, quien es un humano, obviamente soy yo. Y pues, una vez más, nos burlamos del tiempo y espacio.

"Ahora me he convertido en la muerte, el destructor de mundos."
—*Vishnu.*

Carta ocho

Mi Vida, Mi Arquitectura

Demuéstrales que eres más de lo que das, que mereces más de lo que recibes... Consejos van y vienen, aunque nunca se toman en serio. Dando un paso adelante siento que no puedo retroceder, pues quiero conocer, descubrir, tantas cosas en este mundo para encerrarnos en algo tan diminuto como una ciudad.

Ellos me juzgan porque deseo libertad, yo los ignoro porque son egoístas. Mi vida conspira en aprender cada detalle de las paredes y cada boceto de los paisajes.

Tan lejos como van mis malos recuerdos, así decido continuar, pues somos al final lo que queremos ser, y por eso creamos nuestro propio destino.

¿El mío? El mar lo dirá.

Carta nueve

Suelo Siempre Recordar

Suelo siempre recordar, más de una vez lo he hecho. Pues sé que nuestro hábitat consta de dos almas separadas, al mismo tiempo unidas. Se distancian por un momento... No pueden contenerse.

Tienes miedo de perderme, yo miedo a que me pierdas, tengo miedo de olvidarte y luego tú te recuerdes de mí. Tus ojos me inspiran confianza, me gritan el deseo que no te atreves a decirme, tu boca me hace dudar, pues me hieres todo el tiempo, aunque lo trates de evitar.

Qué perfectos momentos, esos que estoy contigo a solas, donde tus sábanas me arropan y tu almohada viven mis sueños.

Qué perfectos momentos, esos cuando te beso, me encanta la manera en cómo sonríes cada vez que sientes mi respiración.

Te tengo en un punto en el que desde que abres los ojos en tu cama y miras al frente, literalmente me veas y me pienses. Quien se pone a satisfacer a una persona está condenada a volverse loca. Aunque no puedo negarlo, me gustaría saber lo que haces desde que te levantas hasta que te acuestas, y si no es mucho pedir, también tus desvelos y sueños.

¿Cómo no evitarlo? Pues evitar no enamorarte, si tu cuerpo me devora con tanta pasión.

¿Cómo evitarlo? Pues evitar desearte, cuando tus gemidos son la única melodía de esa noche.

Tantas cosas me han agobiado, en un momento quizás lo olvido, pues cuando estoy a tu lado, pero al final me va matando, la euforia se apodera lentamente, entonces sí, me dan ganas tenerte, pero luego recuerdo que...

Carta diez

Resguardum Ether

Puedo ver cómo el tiempo se desintegra a mil amperes por cada momento que sin controlarlo cierro los ojos. Puedo sentir cómo el clima se transforma en cien grados de ansiedad, convirtiéndolo en el ciclo más tormentoso de la temporada mental. Declaro éste como el último momento de inseguridad, tantas preguntas en mi cabeza conociendo hace siglos la respuesta, pero he preferido dormir todo este tiempo con la vista totalmente clara. Tantas vueltas en el círculo vicioso, teniendo la recta frente a mí.

Elijo la paz, elijo el verdadero motivo por el cual estoy aquí, elijo el propósito de mi existencia, elijo recordarme de todo lo que siempre he sabido.

Elijo la muerte.

Siempre he tenido infinitas palabras que nacen desde el fondo de mi alma, anteriormente las explotaba de manera sádica y hoy tengo el placer de saborearlas y recitarlas de una manera distinta. Cabe destacar que siguen siendo sublimes, pero no terroríficas. Hoy en día estoy más seguro de que antes de culminar con en este nuevo cuerpo, puedo lograr lo que me faltó, y mucho más, incluso renacer.

En este ciclo deseo fluir, aprender, amar, conocer... Las cosas serán como sienta que sean. Incluso, en vez de agregar, le restaré todo lo que no me hace falta, lo que me aturde, lo que me hace pensar demasiado, lo que me da ansiedad, estrés. Lo que no permite que mi subconsciente esté tranquilo, lo que inconscientemente sueño asesinando.

Ese es el mensaje que me dice mi ser, eliminar lo que aún tengo pendiente. ¿De qué me sirve agregar si aún tengo cosas que expulsar? Fue algo que entendí conmigo mismo, entonces mi yo del futuro no miente, nunca lo ha hecho. Y me voy a demostrar que puedo hacerlo. Puedo convertirme en lo que realmente quiero ser.

El yo soy... *resguardum ether*.

No quiero pactarme metas tan estrictas, mejor quiero dejar que a través de mis pensamientos y sentimientos, guiar al propio universo a que me las muestre, quiero ser uno con el universo, con Dios, por ende, conmigo. Esa es mi meta siempre, es todo lo que necesito, porque es todo lo que soy. Por ende, sé que pronto todo cambiará, me estoy preparando para ello, inconsciente y conscientemente, desde siempre, desde hace todo el tiempo.

Mi motivo de vida no es temer, sufrir.

Mi motivo es amar, vivir.

CAPÍTULO XXIV

1

Como diría mi buen amigo Nietzsche: "No luches contra monstruos a no ser que te conviertas en uno de ellos, y si miras largo tiempo al abismo, el abismo también mirará dentro de ti."

Somos muy parecidos, lo que nos diferencia es que él se va por la filosofía, y yo, pues por lo abstracto, lo irracional, siempre me ha gustado descifrar, por eso juego al ajedrez con las metáforas, siendo el peón y la reina al mismo tiempo. Mezclando el blanco y el negro, creando un arte con la parte y contraparte. Pero al final somos muy parecidos.

Te recomiendo su libro "El Anticristo", mi querido amigo describe muy bien el concepto de la creación de sí mismo. La evolución de la humanidad. Puede que en él encuentres el mismo mensaje de este libro, pero, con otras palabras.

Y cómo no hablar de mi otro querido amigo, y obviamente temido por todos los príncipes: Nicolas Maquiavelo, él también es muy parecido a mí. Una vez me dijo: "Yo no digo nunca lo que creo, ni creo nunca lo que digo y, si se me escapa alguna verdad de vez en cuando, la escondo entre tantas mentiras que es difícil reconocerla."

No puedo dejar de mencionar a mi otra parte, pues Krishna, sus recuerdos son tan transparentes como el cristal de mi reflejo. Pues me miro en el espejo... somos exactamente el ejemplo de la Verdad.

¿Buda? Tal vez eso ya lo sabes, antes de que en la Tierra me presentaran a Jesucristo ya el Gautama me había hablado de él. Irónico, estuve en sus historias hace mucho tiempo, y ellos lo saben.

Sin duda te recomiendo conocerlos un poco, solo te aconsejo que no te dejes dominar por el ego una vez tengas el mundo en tus manos, pues esto es lo que pasará una vez entres en el mundo de sus palabras si no lo sabes manejar de la manera más inteligente.

Pero bueno, Maquiavelo también dijo: "Dios no quiere hacerlo todo, para no quitaros el libre albedrío y aquella parte de la gloria que os corresponde." Así que haz lo que te dé la gana, total, como quiera esto solo es un estado de trance, que te llevará donde te corresponda.

De nada.

2

Ya me aburrí de entretenerte, para eso existe mi Yo narrador de este libro y se merece los méritos, aunque obviamente yo los tenga, o sea que es lo mismo.

A continuación, te dejo con las últimas cartas tanto del Narrador, como de Madrigal… y mías. Tú sabrás a quién le pertenece cada una. Aunque al final, querido lector, estás envuelto en nuestra Trinidad.

Y como muchos me despiden: en el nombre del Padre, del Hijo y del Espíritu Santo.

Amén.

"Te convertirás en una unidad, 'serás' unido. Desaparecerán las voces. Dejarás de ser muchos, y serás uno. Ésa es la gran mente.
Por tanto, permanece atento." –Buda.

This is: Dark Poetry.

Destrudamus

No me referiré a poesías, más bien quiero dejar claro exactamente una o dos profecías.

Mido el tiempo que me falta para decirte adiós, cada día se acerca más, cada instante me tienes más, en un momento pienso que no puedo estar alejada de las sensaciones que me haces pasar.

Llamas una vez, muero por contestar, pero sé que en unas semanas más eso no pasará igual. Pues nuestro momento casi termina, caducará en un instante irremediable, me arrepiento de no haber hecho algo… pero es muy tarde.

Profecía número uno:

El viento no conspirará a nuestro favor, más bien, dejaré de escribir en metáforas: tus ojos ya no mirarán mi presencia, no apreciaré tu interior.

Número dos:

Los segundos tendrán fin, pero sin mí, pues siento a veces que dejaré de existir, al menos en tu presencia. No acepto el dolor que me causará tu ausencia, me tortura saber que pronto te desconoceré. Me duele aceptar la realidad, esta que me amarra a ti, duelo sentir…

Que mañana no serás para mí.

A Veces Hablo Sola

A veces hablo sola, mis veces en realidad es siempre, pues la única vez que no ha sido constante fue cuando mi locura se apoderó de mí, nunca me ha vuelto a abandonar.

Conspiro a mi favor una vez más, o sea todo el tiempo, trato de no contradecirme, al final siempre logro mi objetivo.

Cada uno vive el papel que le toca, el mío hace mucho que lo desvanecí en el océano, las olas lo desintegraron y desde ese entonces, lo que me toca está condenado a una roca.

Textos van y textos vienen, como en mi vida, muchas cosas se me van y otras me vienen, pero exacto, lo importante es que me vengo, estando con o sin alguien. Porque siempre he hablado sola, por ende, en realidad siento en la soledad.

No me creo narcisista, quizás como la mayoría podría nombrarme, más bien amo quien soy sobre todas las cosas, tanto que me excita saber que ayer era peor que hoy, pero no mejor que mañana.

Eso es rico, saborear el éxito de tus esfuerzos, ver cómo tus pensamientos se vuelven tan reales que los puedes ver e incluso morder toda una noche.

Medito con el humo, sé que puedo ser necia y descontrolada, sostengo mi ego con el café y una vez más, hablo sola sin querer. Me he acostumbrado tanto a esto que cayo mis penas con carcajadas, me ha encantado tanto esto que creo todos los días una corazonada.

Todo conspira a mi favor, desde el retrógrado hasta la marea, todo va de bien en mejor, pues hago míos los deseos que yo quiera.

Burbujas En Las Llamas

Comienzo por escribir... Una vez más, hola. De nuevo acudo a ti con una propuesta: devuélveme del infierno.

Siento las llamas cómo se apoderan de mi fuerza, el veneno es tan fuerte que siento también, que no despertaré una vez me duerma. La lluvia cae como melodías de los ángeles, ellos tratan de aconsejarme, al final no me llevo de sus consejos.

Tus demonios me llaman, no quiero acudir, tu presencia me persigue, de ella quiero huir.

Quiero escapar de las garras de tu cuerpo. ¿Cómo no contenerme? Lo siento, me di cuenta de que tu sangre me abstiene. Pues ahora sé que siempre he sido yo la culpable de esta tortura.

Bienvenida a mi mundo, donde aquí peca quien es perfecto, eres el verbo de amar en verso opuesto. Quiero serte sincera, que bueno que hoy te conozco, así, hoy he decidido conocerme más de la cuenta. Pues, esta carta nunca terminará con expectativas, pues, esto es un fracaso y tú me ayudas, y me terminas.

Aprendo de tus habilidades, a ser menos vulnerable de lo que fui una vez, aprendo de tus engaños, a ser lo que siempre tuve que ser. Hoy te doy gracias, Madrigal, por convertirme en lo que soy hoy, hoy te odio, porque nunca aprendí a ser correspondida, y es porque no me da la gana.

No soy una persona destinada a odiar, es mentira que siempre quiero lo contrario de lo bueno. Siento que soy un ángel que le hacen falta un par de cuernos, pero no por mi maldad, sino por lo que he tenido que vivir. Porque nunca supe cómo sentir, porque nunca aprendí cómo hacerlo. Aunque en el momento que lo aprendí era muy tarde, pues ya de la vida estaba recibiendo lo que siempre he sabido dar.

Perfecto, seres humanos atraen, puede que sea por su actitud, puede que sea por su amor. Quiero que sepas que te agradezco todo lo que una vez pensaste que no tomé en cuenta.

Quizás te impresionan con detalles, palabras y aprobaciones, yo te prometo impresionarte con cada detalle de mis poesías y mis acciones. Tus intenciones conmigo nunca voy a definirlas exactamente, pues cada cabeza es un mundo como dicen, y no gobierno el tuyo. Pero sí, sé que me amaste, sé que te ilusionaste, te decepcionaste y, al encontrarme, moriste por mí. También sé que mi cerebro indagas, y ahora tú controlas mis palabras, por eso me atrevo a escribir que aún me amas, aunque tuviste miedo de lo que yo haga.

12 de la madrugada, imágenes que me torturan y me transforman, solo deseo dormir y no despertar para ver tu sombra, ya no deseo ser como antes, no te sorprendas, tu ego me ha asesinado, y ahora solo quiero resucitar para no ver cómo tus ojos me miran y me dicen lentamente: eres tú, la atleta que corre por mis venas, la reina.

Tu alfa y omega.

Obra Maestra

Me enamoré de ti, como las letras que no me atrevo a expresar, pues música se entromete en mi audición, controla mis sentidos, pero tú te apoderas de mis ojos, y me haces imaginar todo lo que mi mente nunca había pensado.

Cada letra que me brindas, con o sin faltas ortográficas, controlan mis encantos y me hacen ir al mundo que nunca había imaginado ir.

Me teletransporto a un espacio, sublime e imaginario, es tan épico que en 13 minutos ya tolero todo lo vulnerable.

Droga ficticia, solo en mi mente, donde soy varios personajes y amo de diferentes maneras. Me conviertes en criminal, destruyo quimeras, otras veces soy miseria, otras más quien tú quieras que sea.

Pierdo la noción del tiempo, viajo en tu mundo horas muertas donde avivan mis pensamientos, tanto que eliminan los que me recuerdan a caer, como la debilidad que gritan mis venas por la nicotina, la agonía de la falta de aquella compañía, y olvidando así que estoy literalmente sola, y así quiero estarlo, porque ahora estoy contigo, madrugadas, mañanas y tardes, y no quiero escuchar nada de ruido.

Pues pasando páginas me da tanto placer como si acariciara su piel, tan sedosas como sus piernas, tus letras pequeñas con la intención de pasar desapercibido, sabiendo también que de esa forma llamas más la atención, y más cuando me permites fundir contigo.

Me emocionas, me excitas, me controlas y me mortificas. Tantos sentimientos distintos no me percatan de que también me estoy volviendo loca. Tantas maneras de pensar que sin dar un paso adelante, me provocan.

Esto es arte, lo que me transmites segundo a segundo, así *me conviertes en una obra maestra*, sin darme cuenta. Pues me enseñas tantas cosas como cambiar mi mundo y hasta el paralelo. Eres la causa de mi retrógrado y una vez más me conviertes en un personaje.

Algo fuera de lo normal, pues ahora escribo de acuerdo con los recuerdos que me plasmas, me haces cada vez más fluyente y menos débil al tacto humano, pero me encanta. Y sin darme cuenta llamo más la atención de mortales, aunque no se han dado cuenta que tú has creado mi persona con tantas historias y caracteres. Por eso soy todas tus páginas, tus frustraciones y esperanzas, tus mundos e inframundos.

Soy todo eso en uno.

Por eso ahora fluyo, fluyo sin ningún problema, palabras me salen tan libres como la rotación de mi brújula, porque eres todo, y en todo me has convertido, desde una lectora con una inexplicable ansiedad, hasta ser esta frustrante escritora, que cada día más crea poesías profundas con cada átomo de su humanidad.

Epílogo

Cómo comenzar con el final de lo que aún no tengo definido, ni siquiera sé si estoy en el presente o vivo en el futuro, pero, por esto me he fijado una frase en mi mente, la que me ha dado el impulso para comenzar este texto: plan de vida.

Cómo no fijarme en este propósito, si de ángel a quimera, de quimera a humano, de humano a anticristo y hoy, un placer presentarme conmigo misma una vez más: Linda García.

Vivimos en un cambio constante, lo tengo muy seguro, tanto que por eso me faltan cosas por conocer de mi persona, es que puedo asegurar que muchas cosas que soy hoy, antes ni me lo imaginaba que sería capaz. Actitudes que llevo conmigo, antes ni las creía posible, mucho menos existentes. Cada día que pasa voy aprendiendo más de mí, cada minuto que corre es una nueva oportunidad de seguirme descubriendo.

Callo lo que me conviene, pero digo lo que quiero que escuchen, nunca dije que no hablaba mentiras, nunca dije que no era sincera. Lo sé, sé que soy el centro de mi universo, me considero la protagonista de esta historia, soy la dueña de este mundo, porque es mío, lo veo a mi manera y de la de nadie más.

Que comparta ideas y sea buena escuchando a los demás no quiere decir que vivo sus pensamientos, no puedo matar los míos para vivir los otros, es incluso fuera de lo natural. Como seres humanos, nacemos con una necesidad de reconocimiento, pero el detalle está en primero reconocernos nosotros mismos para poder comprender el conocimiento del tercero.

Le he dado muchas vueltas al asunto, como siempre, quien me conoce sabe que soy experta en eso, es que me cuesta ser tan breve cuando en mí existen demasiadas palabras y conocimientos, aunque aquí viene lo que es reconocimiento otra vez, y no es que me importa que me reconozcan, siempre y cuando yo sepa que, me conozco y lo hago tanto, que por eso sé cuánto me falta por conocerme.

En este momento me siento distraída, tanto que me contradigo en lo que quiero escribir, se me van las ideas, es que hoy, muchas cosas tengo claras y por eso me dificulta un poco poner todo bajo control, tomarlo normal, como una copa de vino, pero no es tan sencillo, aunque sí, *la mente domina las emociones.*

He cerrado círculos que parecían resignarse a sus curvas, me he impregnado en la abstinencia varias veces, y ya sé que pertenezco a ella. He vivido muchas experiencias, he tomado malas decisiones, pero lo bueno de todo es que siempre sé sacarle el buen provecho.

Me he perdido en la música, he viajado en libros, he sabido conectarme con la realidad estando en un estado psicodélico, aunque siempre buscando el estado de paz, como muchas veces me cuesta encontrarlo.

Mis sueños, como siempre, son mensajes en perfecto estado, mi subconsciente, sin dejarlo atrás, es mi íntimo consejero. Es que, es imposible perderme, no puedo porque siempre he sabido el camino, siempre me encuentro conmigo.

Cuando el diablo y el dios se hacen mejores amigos, planean todo a la perfección entonces crean a Linda García. Las personas dicen que me admiran, se enamoran de mí sin tener idea de todo lo que soy, soy tantas cosas que por eso lo hacen, pues la respuesta es que solo soy yo, sin nada ni nadie, y soy la que siempre me va a acompañar. No estoy diciendo que no quiero a nadie, esto es muy diferente, más bien quiero decir, que yo, como dueña de mi mundo, tengo que pertenecer a todo lo que lo hace mi realidad, a todo lo que quiero conservar siendo y haciendo.

Llevo muchos años escribiendo, siento esto como un desahogo, si supieras qué tan bien me siento trazando en estas hojas en blanco lo que llevo en mis pensamientos y sentidos. Es mi forma de saber lo tanto que me conozco, porque al final, hablo conmigo misma, me auto aconsejo, me lloro y me río, me doy todo lo que quiero y me arranco lo que no me conviene.

Soy mi niña y mi adulto, mi discípulo y mi maestro; no dejando de incluir, claro, las personas que me quieren y están siempre para mí, a esas yo las quiero tanto, casi igual que a mí.

Me considero auto competente, vivo en una guerra constante con mis ñoñerías y mis debilidades, pero es lo que me hace humano, saber que no soy perfecta ni me interesa serlo, aunque no lo aparente. Soy mi propia competencia porque tengo una imagen, un ídolo que vive en mi mente, y quiero llegar a serlo cada día más, porque ese ídolo no es una persona específica, es una serie de características que yo misma quiero llegar a adquirir por completo. Soy mi propia competencia porque me exijo más cada día, porque veo que lo cumplo, entonces me pido más.

Si la vida no se basara en un reto, una meta, no tuviera sentido, no valiera la pena estar vivo.

Quiero culminar con las metas de este año: terminar este libro. Gracias a Dios todo va marchando como lo planeé, o me atrevo a decir que mejor. Claro, porque en todo esto pasaron cosas que, como dije anteriormente, no tenía idea que iban a ocurrir, pero ha sido lo mejor para mí, me ha cambiado tanto que soy una nueva versión que sinceramente, me encanta más que la que antes era. Luego leí que cuando Dios quiere un cambio para ti, te hace sentir incómodo, te da indirectamente una sacudida, suave, si no reaccionas, más fuerte y así... y tiene toda la razón.

Por eso el motivo de este escrito, saber que he evolucionado tanto, que muero por revivir otra vez, que haya cambios, que siga evolucionando.

Entonces mi *plan de vida* es este, seguir definiendo mi persona, conociéndome cada vez más, saber que tengo muchas facetas y cuándo utilizarlas.

Soltar, nunca agarrar, porque eso de estar con los demás debe ser algo mutuo, sin forzar, por eso al final la felicidad de estar con el otro es tan grande, porque sabes que no hay cadenas, simplemente quieren estarlo y ya.

Quiero darme la oportunidad de conocerme conociendo otros sitios, otras cosas; encontrarme en un lugar tan diferente a mi zona de confort, que me provoque tomar acciones diferentes, por ende, seguir evolucionando.

Quiero seguir siendo la heroína de mi historia, salvándome todos los días. Gracias a mí y los que me aman.

Quiero conocer nuevas vidas, abrirme más a lo desconocido, y no hay mejor forma de crecer que esta.

Quiero ser esto, quiero seguir siendo yo, Linda García.

AGRADECIMIENTOS

En primer lugar, quiero agradecerle a Jehová por haberme permitido cumplir uno de mis mayores sueños, pues me ayudó a comprender que no son simplemente sueños, sino una realidad que solo vive en nuestra imaginación hasta que decidamos darle vida.

Cómo no agradecerle al motivo del latido de mi corazón, pues ella es quien tiene mis raíces en su vientre, Eris Aristy, eres la mejor madre del mundo. Mi padre, Gilberto García, sinónimo de sacrificio, en él veo el concepto de mis experiencias, pues me ha enseñado a base de actitudes mis mayores aptitudes. Mis hermanos, Gilberto (Junior) y Aarón; sin ellos simplemente hubiese sido una niña más, común y corriente, pero gracias a estos héroes he aprendido a ser una gran mujer.

Mi familia, la amo tanto, es mi fortaleza y refugio.

Mis amigos, pocos, pero los mejores, incomparables; ellos me han ayudado a ser una gran persona.

Alguien muy especial que no dejaría de nombrar, Manasi. Si estas leyendo esto, pues es para nosotras. Te amo, ¿lo sabías?

Quiero agradecerte, Leslie, por acompañarme en este proceso, desde que era una idea hasta convertirse en uno de los proyectos más importantes de mi vida. Elisa, gracias por estar ahí siempre, mi hermana de otra madre. Acuarela, aunque estemos lejos, somos conscientes de que nuestra conexión es indestructible. Eugenio, te has vuelto una parte muy importante en mi vida, espero que esto sea por siempre.

Estoy literalmente condenada a agradecerle a mis más propensas locuras, más intensos deseos; asimismo a las noches que llamaban a mi mente. Pues no es solo mi entorno, puedo decir que mi alma ha convertido mi criterio en algo fuera de lo normal, aunque esto es lo que me hace diferente.

Gracias al término "inspiración" hoy puedo dar las gracias, gracias por haber transformado mis pensamientos en una imitación del arte.

De nuevo a mí me doy las gracias.

Pues, gracias, Dios mío.

EPÍLOGO

Desearía empezar esta conclusión con algunos puntos suspensivos, pues no tengo palabras para dar término a este pequeño libro. Lo importante es que hayan notado, que los capítulos redactados fueron las cartas que Madrigal había escrito en el transcurso de su viaje en busca de su más frustrante amor, se podría decir, su obsesión.

La agonía de sus pensamientos la llevó a perder la memoria en el momento que encontró aquel ser que estuvo buscando tanto tiempo ya que entregó su alma al Diablo para estar con el amor de su vida. Luego de esto, despertó. Había reencarnado y encontró aquellos manuscritos ocultos, pero ya no era una quimera, ya no pertenecía al Inframundo, era un ser humano. Podía sentir aquel amor... pudo recordarlo mediante aquellas cartas narrando su pasada historia una vez más.

Aunque esto fue solo un disfraz de la otra cara de la historia, ya que la verdadera razón de todo era el ciclo de vida de nuestro presumido y temido antagonista, pues él era el Narrador y la quimera, en un multiverso donde ambos pensaban que estaban totalmente desligados, esto conllevó a que Madrigal se enamorara rotundamente de sí misma en otra dimensión. Hasta que despertó. Amon siempre vuelve a sus raíces, a los hechos irrefutables de su naturaleza, pues el Diablo, quien, al mismo tiempo, junto con Madrigal y un servidor, son una Trinidad.

Puntos suspensivos, ya puedo concluir con estas palabras.
Madrigal solo fue un sueño hasta que acepté la realidad.

Pues al final, soy el todo y la nada.

FIN

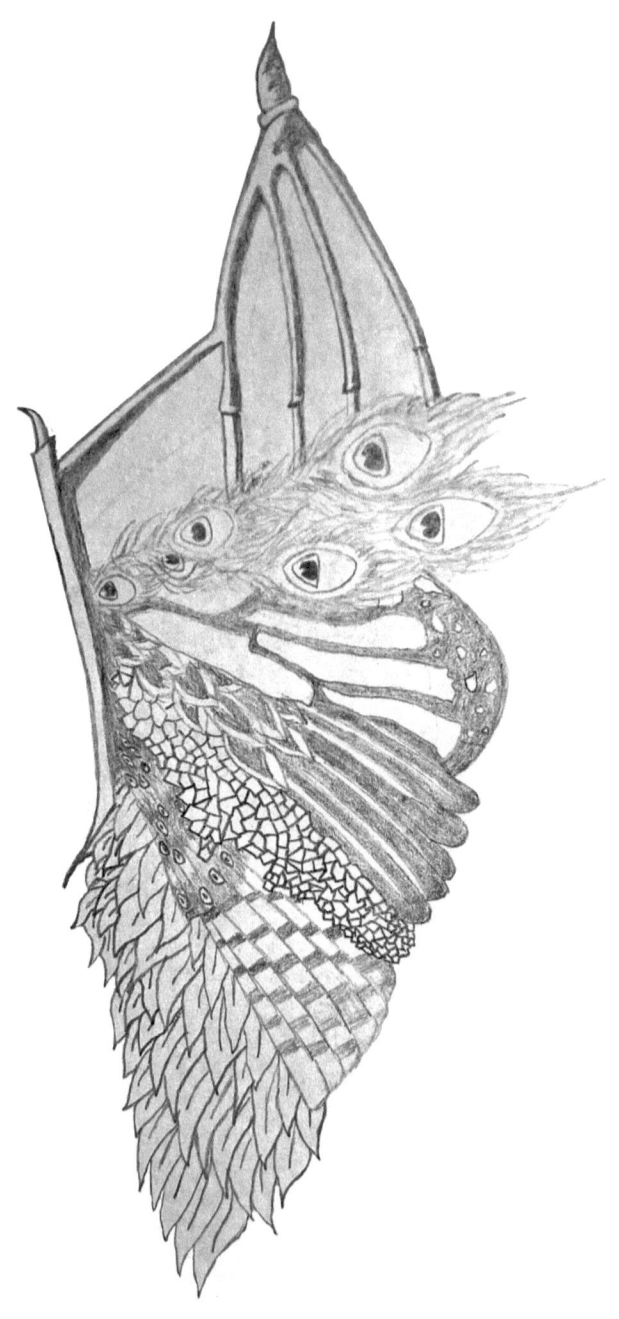

www.ingramcontent.com/pod-product-compliance
Lightning Source LLC
LaVergne TN
LVHW091550060526
838200LV00036B/771